# 若殿はつらいよ

## 謎の秘唇帖

鳴海　丈

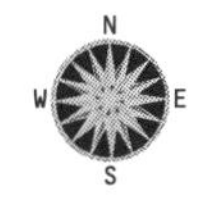


コスミック・時代文庫

この作品はコスミック文庫のために書下ろされました。

# 目次

# 第一章　鬼剣(きけん)乳房斬り

## 一

その小姓(こしょう)は、鬼の面を被っていた。そして、大刀を下段に構えている。

「……」

小姓は、大刀の柄(つか)から右手を離すと、するりと振袖から腕を抜いて、片肌脱ぎになった。

その胸には、小さいが形の良い乳房がある。

半月の光に、その白い乳房が照らし出されていた。

「貴様……女だったのか？」

男装小姓と相対している浪人者が、唖然(あぜん)として言った。正眼に構えた大刀の切っ先が、思わず揺れてしまう。

「女の身で男の格好をして、いきなり、通りすがりの俺に真剣勝負を挑むとは、一体、どういうつもりだっ」

総髪を後ろへ撫でつけた浪人者は、羽織袴という格好で恰幅が良い。年齢は四十前後であろうか。

対峙する二人がいるのは、紀伊国坂の脇の土堤であった。

深夜の紀伊国坂には、彼らの他に人影はない。坂を隔てた向こうには、紀州徳川家の広大な中屋敷の塀が続いている。

金貨を二つに割ったような半月が夜空に浮かび、ちぎれ雲が流れていた。

「何か、俺に遺恨があるのか。その面を取って、顔を見せろ」

しかし、鬼面の小姓は何も答えず、今度は左腕を袖から抜いた。

そして、両手で大刀を構え直す。やはり、下段のままだ。

諸肌脱ぎになった男装小姓は、両の乳房を剥き出しにしたのである。

乳房の張りや肌の色艶からしても、この小姓は若い。まだ、十代後半であろう。

しかし、その引き締まった上体は、並々ならぬ修業を積んだ者のそれであった。

「わざと胸乳を見せて、こちらの気の迷いにつけこむ気か……馬鹿め、尾関孫四郎はそんな柔な男ではないぞっ」

そう叫んだ尾関浪人は、地を蹴って突進する。

一気に間合を詰め、振りかぶった大刀で小姓を袈裟懸けに斬り捨てるつもりなのだ。

流れる雲に、月が隠れた。

その一瞬、二人の姿が呑まれた闇の中から、人体を断つ不気味な音が聞こえた。

再び姿を現した月が、天に向かって噴き上がる血柱で真っ赤に染まる。

「う……」

頭部から胸元まで縦一文字に断ち割られた浪人者は、驚愕に両眼を見開いたまま、木偶のように倒れた。

ひゅっと鮮やかに血振した小姓は、静かに大刀を納刀した。そして、袖に肩を入れて襟元を整える。

その時、

「待て、待てぇっ」

喰違見付の方から、若竹色の着流し姿の武士が駆けて来た。

「遺恨か物盗りか、その子細を聞こうっ」

気品と男らしさを兼ね備えた、細面の貴公子である。

その名を、松平竜之介(たつのすけ)という。

「むっ」

鬼面の男装小姓は、竜之介を見て、さっと身を翻(ひるがえ)した。素晴らしい速さで、紀伊国坂を駆け下りて行く。

その後ろ姿を見つめて竜之介は、

「風のような身の軽さだな……」

追うのを諦めて、血溜(ちだ)まりで草履(ぞうり)を汚さぬように気をつけながら、倒れている尾関浪人の脇に屈みこんだ。

改めて脈を診(み)るまでもなく、頭部を両断されているのだから、絶命していることは間違いない。

「遠目でよくわからなかったのだが……下段に構えていたはずなのに、頭の先から胸まで斬り割るとは……」

竜之介は、不審げに眉をひそめる。

と、夜気を裂いて、ぴ――っ……と呼子笛(よぶこぶえ)が鳴り響いた。

「辻斬りめ、御用だっ」

男装小姓が逃げたのとは反対の北の方から、黒い巻羽織(まきばおり)の町方同心が走って来た。

その後ろから、呼子笛を吹きながら御用聞きの小男も、必死で走ってくる。

竜之介は、ゆっくりと立ち上がった。

「勘違いをいたすな。辻斬りらしき者は、あちらへ逃げ去った」

「そんな嘘で騙されるものか。北町奉行所定町廻り同心の高木弘蔵（こうぞう）の眼は、節穴ではないぞ」

若い高木同心は十手（じって）をかざして、

「神妙に縛（ばく）につけっ」

「困ったな……」

竜之介は、すらりと大刀を抜いた。

「おっ」

高木同心と御用聞きは、後退（あとずさ）って身構える。

「さあ、この刃（やいば）をよく見てくれ」と竜之介。

「もしも、わしが辻斬りならば、この場で血脂（ちあぶら）を拭い取ったとしても、刃に血曇（ちくも）りが残るはずだ」

「むむ……」

月光に透かして、高木同心は油断なく刃を見つめた。御用聞きの小男も、脇から覗きこむ。

「ふうむ……血曇りはないようだ」

難しい顔つきになって、高木同心は十手を下ろした。

「納得して貰えたようですな」

竜之介は微笑を浮かべて、納刀する。

「わしは松平…いや、松浦竜之介という。浅草阿部川町に住まう浪人でな。今宵、たまたま、この近くを通りかかったら、刃の煌めきが見えたので駆けつけたのだ。しかし、斬った者は恐ろしく逃げ足が速くてな」

松平竜之介の本当の身分は——遠州 鳳藩松平家十八万石の若隠居である。

五千石の捨て扶持を貰って、お新・桜姫・志乃の三人妻と同居していた。

青山にある甲賀百忍組 支配・沢渡日々鬼の屋敷の敷地に建てられた愛妻御殿、これが竜之介たちの住居だ。

隣には、花梨ことりん姫の御殿もある。

三人妻の一人である桜姫は、十一代将軍の娘なので、形の上では竜之介は将軍の娘婿ということになる。

そして、竜之介は、将軍家斉（いえなり）の命令で様々な大事件を解決して来た隠密剣豪でもあった。

時々、鳳藩の藩主の座についた弟の信太郎から呼び出されて、竜之介は、藩政についての相談にのっている。

そして、隠居した父の出雲守の酒の相手などもさせられるのだ。

今夜も、酔った出雲守から「まだ孫はできぬのか。そなた、乱倫が過ぎるのではないか」と説教される始末である。

かつては女色に迷い佞臣（ねいしん）に誑（たぶら）かされて、竜之介を亡（な）き者にしようとした出雲守なのだ。

しかし、竜之介に諫（いさ）められて隠居した今は、盆栽と酒を楽しむ好々爺（こうこうや）になっている。

神田の表猿楽町（おもてさるがくちょう）の鳳藩上屋敷から出た竜之介は、江戸城の北側をまわって麹町（こうじまち）を通った。

そして、紀伊国坂から喰違見付を抜けようとして、辻斬りの現場に遭遇したのだった……。

「どのような者でしたかな」

高木同心の口調は、先ほどより丁寧になっていた。

「それが、鬼の面を被った振袖袴姿の小姓であった。しかも、男装した娘なのだ」

「娘……？」

「諸肌脱ぎになって、この浪人を斬ったのだが、胸に乳房が見えたのだ」

「人を斬るのに、わざわざ諸肌脱ぎになって……わけがわかりませんな。気が触れているのでしょうか」

「何度も辻斬りを働くような者は、まあ、正気ではないだろうな」

眉を寄せて、竜之介は頷く。

「わからんと言えば、男装の小姓は下段に構えていたのだ。ところが、月が雲に隠れて二人の姿が見えなくなり、明るくなった時には浪人者は真っ向唐竹割り（まっこうからたけわり）で斬られていたのが不思議なのだが」

下段から上段に振りかぶって真っ向唐竹割りにするよりも、浪人者の袈裟斬りの方が早いはずなのだ。

「しかし……真っ向唐竹割りの斬り口は、これまでのホトケと同じです。その男装小姓が、連続辻斬りの下手人に違いありませんな」

高木同心によれば——年末年始の連続放火事件の蔭に隠れて、あまり世間には知られていないが、半年ほど前から江戸府内で辻斬りが続いているのだという。

これまでに七人が斬られており、四人は浪人か御家人、三人は商人(あきんど)であった。

犠牲者は、いずれも頭頂部から胸まで断ち割られている。

金品を奪われた者はいないので、兵法者(ひょうほうしゃ)が腕試しにやっているのでは——と推測されていた……。

そして今、八人目の犠牲者が、ここに倒れている。

「あ、思い出した」

小男の御用聞きが、ぽんっと手を打った。

「どうした、安吉(やすきち)」

「旦那」御用聞きの安吉は言う。

「見覚えがあると思ったら、このホトケは、音羽(おとわ)で剣術道場を開いている尾関孫四郎って浪人ですよ」

「道場主か」

「ええ、日立流(ひたちりゅう)でしたか。腕も相当に立つが、教え方も上手いので、門弟も多いと聞きました」

さすがに御用聞きだけあって、常日頃から世間の噂を色々と掻き集めている安吉なのだ。

「ふうむ……」

高木同心は顎を撫でながら、

「その腕の立つ道場主を一太刀で倒したのだから、男装の小姓はかなりの遣い手ということになる」

「腕試しが目的だとすると——」竜之介は言う。

「商人が三人も斬られているのは、妙だな」

「それは……夜の街で獲物を探していたが、適当な浪人が見つからなかったので、商人を巻藁代わりに斬った——ということではないでしょうか」

「なるほど……それもあり得るな」

相手の言うことに逆らわずに、竜之介は肯定する。

「鬼の面で顔を隠し乳房を剥き出しにして、相手を真っ向唐竹割りにする——鬼剣乳房斬りとでもいいますか、まことに恐ろしい奴で」

「あの男装小姓を捕らえねば、九人目、十人目の犠牲者が出るかも知れぬ」

「そうです」と高木同心。

「松浦殿。ご足労ですが、近くの自身番に絵師を呼んで手配書を作りたいのですが」

「わかった。わしに出来ることは、何でも協力しよう――」

お新たち三人妻も、義妹である花梨も、竜之介の帰りを首を長くして待っているだろうが、辻斬りを目撃してしまった以上、探索には協力しなければならない。

御用聞きの安吉を現場に残し、竜之介と高木同心は連れ立って紀伊国坂を下る。自身番に着いたら、町内の番太郎に戸板と筵（むしろ）を用意させて、尾関孫四郎の遺体を運ばねばならない。

その前に、先ほどの呼子笛を聞きつけた他の同心か御用聞きが、現場に駆けつけるかも知れないが……。

「ホトケの道場にも、報せてやらねばなりません。妻子の愁嘆場（しゅうたんば）に立ち合うと、役目柄とはいえ、やり切れませんよ」

歩きながら、高木同心は溜息（ためいき）をつく。

「なるほど、苦労の多いお役目ですな……しかし、御府内の静謐（せいひつ）は、南北町奉行所の方々の双肩にかかっている」

「そう言っていただくと、少し照れくさいような気分になりますな」

高木同心は、嬉しそうな笑みを見せた。
陰暦三月七日——生温かい風の吹く夜更けであった。

二

「きゃっ」

女が、小さな悲鳴を上げた。

剝き出しの臀に、矢が当たったからである。

矢といっても、長さは八寸——二十四センチほどだ。

矢の先端は板付といって、金属の帽子を被ったようになっているので、殺傷能力はない。

しかし、勢いがあるから、肌に当たれば、それなりの痛みはある。

「馬鹿め、しっかり避けぬからだ」

志村弾正直忠は、矢籠に手を伸ばしながら言った。

弾正が手にしている弓は一尺半ほどで、真ん中に蝶番があり、二つに折りたためるようになっている。

携帯用の〈旅弓〉と呼ばれる武器であった。

無論、武器として使用する時は、鏃の付いた征矢を放つのである。

短い矢なので、移動中は菅笠の内側に放射状に装着しておくのだ。

松平竜之介が男装小姓の辻斬りを目撃した翌日の午後――そこは、本郷にある浅山藩二万三千石の上屋敷であった。

今年で三十六歳の浅山藩主・志村弾正は、若年寄を務めている。

若年寄は幕閣では老中に次ぐ高位の役職で、老中が大名や公家を管轄するのに対して、若年寄は旗本を管轄していた。

現在の定員は五名で、一万石から二万石代の小大名から選ばれる。

「それ、次を放つぞ。精一杯、逃げまわるのだ」

「は、はい……………」

佳代という名の若い娘で、この屋敷の腰元であった。

無論、弾正の手がついている。つまり、側室であった。

今、肌襦袢一枚の佳代は犬のように四ん這いになって、下裳も一緒に捲り上げ丸っこい臀部を露出している。

白足袋を履いているので、余計に扇情的な格好であった。

十二畳の広さの座敷は、障子も襖も閉め切っているので、少し薄暗い。

先ほどから、弾正は、座敷を這いまわる佳代の臀に目がけて、旅弓で矢を射ているのだった。

大名の白昼の遊戯としては、いささか常軌を逸したものといえよう。

この志村弾正は、加虐的な嗜好の持ち主であるらしい。

「それ、牝犬め、逃げろっ」

弾正にそう言われて、佳代は、あたふたと逃げ出した。

臀の双丘が揺れて、割れ目の奥の薄茶色の孔まで覗いてしまう。

当然、その下の赤っぽい花弁も丸見えであった。恥毛は、黒々として濃い。

「ゆくぞっ」

弾正は矢を放った。

矢は見事に、臀の割れ目に命中した。

「ぎゃっ」

佳代は濁った悲鳴を上げて、横ざまに倒れた。

背中を丸めて、両手で臀をかかえるようにして呻く。

偶然にも、矢の先端が割れ目の奥の臀の孔を直撃したのである。

殺傷力が無いといっても、金属に覆われた先端がかなりの速度で後門に衝突したのだから、激痛が走ったのだ。

弾正は、その佳代の不様な姿に幻滅したらしい。

「興が失せた、もう退がれ」

弓を脇に置いて、酒肴の膳に手を伸ばした。

「はい、はい……」

あわてて肌襦袢と下裳を下ろした佳代は、眉をしかめながら軀を起こす。

そして、正座をして叩頭してから、障子を開いた。明るい午後の陽光が、座敷へ流れこむ。

廊下に控えていたお付きの腰元が、佳代の肩に着物を掛けて、よろめく彼女を助けた。

二人が去るのと入れ違いに、四十絡みの家臣が座敷へ入って来る。

用人の和泉伝蔵であった。

この浅山藩上屋敷には、江戸家老の堤康右衛門がいるが、すでに高齢で体調も悪い。

用人の伝蔵が、実質的に上屋敷を仕切っているのだった。

「弓と矢籠を片付けるように」

廊下に控えている家臣に指図すると、伝蔵は、弾正の脇へ座った。主君の盃に酌をしながら、

「殿、新しい酒をお持ちいたしましょうか」

眉が太くて唇が厚く顎の張った、精力的な風貌の伝蔵であった。

「うむ……」

不機嫌な表情で、弾正は頷いた。

「それから、慈恩堂の昌玄が参っておりますが――何かご注文はございますか」

「昌玄か……」

弾正は少し考えてから、

「ここへ呼べ」

「お会いになりますか」

「たまには下々の者と話してみるのも、気晴らしになろう」

「御意――」

頭を下げて、伝蔵は退がった。

しばらくして、伝蔵は退がった。腰元が新しい酒肴の膳を運んで来る。

その腰元が前の膳を下げるのと、伝蔵が十徳に羽織という姿の町人を連れて来るのが、ほぼ同時であった。

町人は剃髪した中背の男で、陽に焼けた顔をしている。年齢は、四十代後半であろうか。

「お目通りさせていただき、慈恩堂昌玄、感激の極みでございます」

両手をついて、昌玄は深々と坊主頭を下げる。

慈恩堂は本町の高名な薬種屋で、昌玄はその主人であった。

「堅苦しい挨拶は、よい。そこでは話が遠いゆえ、もっと近う寄れ」

「ははっ」

昌玄は膝行して、弾正の前に出た。

「盃をとらす」

「有り難き幸せ」

朱塗りの盃を丁重に干してから、昌玄は大きな目で弾正の顔を窺って、

「お殿様――気鬱の御様子にございますな」

「わかるか」

「はい」昌玄は頷いた。

「気鬱の病には、うちの青海散がよく効きます。症状をお話しいただければ、青海散を基にして、お殿様に合う薬を調合いたしましょう。川骨なども、よろしいかも知れませんな」

川骨とは睡蓮の根茎を干した生薬で、気分がふさぎこんでいる者に有効といわれている。

十年ほど前に店を開いた慈恩堂だが、瞬く間に江戸でも指折りの薬種屋に成長した。

それは、単に生薬を売るだけではなく、顧客の一人一人の体調に合わせて、昌玄が〈個人薬〉を調合してくれるからであった。

しかも、その個人薬がよく効くという評判なのである。

つまり、昌玄は、薬種屋の主人でありながら、医者に近い役割を果たしているのだ。

この志村弾正も、慈恩堂の得意客の一人である。

「気鬱の理由は……わしにも、わかっておるのだ」

弾正は溜息をついた。脇に控えている伝蔵に目をやってから、

「江戸城の政事について、商人のその方に詳しく話すわけにはいかんが――要は

だな。わしは近々、若年寄のお役目を免じられるかも知れぬ」

「これは驚きました」

昌玄は、軽く仰(の)けぞるような仕草をして、

「お殿様が若年寄として並々ならぬ辣腕(らつわん)を振るっていらっしゃることは、我々のような者の耳にまで届いております。遠からず若年寄筆頭にご出世なさり、末はご老中になられるだろう――という世間の評判でございますのに」

「それは少し大袈裟な」

昌玄の世辞が満更でもなかったらしく、弾正の顔に笑みが浮かんだ。

「つまりだな。わしが格別、何か役目上の失敗をしでかしたというわけではない……まあ、戦場で流れ矢が当たったようなものでな。運が悪かったのだ」

それから、弾正は苦々しい口調で、

「いずれによ、わしの進退は、新しく若年寄筆頭になった堀江右京亮(うきょうのすけ)殿の胸先三寸というところだ……いわゆる、俎(まないた)の上の鯉(こい)ということだな」

吐き捨てるように言ってから、弾正は盃を呷(あお)った。

## 三

実は先月――佐渡金山から江戸へ送られる三万両の御用金が、盗賊一味に強奪されるという大事件が起こった。

輸送の役人や人足たちは、ほとんど殺されるという大惨事であった。

徳川幕府の威信に関わる事件だから、厳重な箝口令が敷かれた。

しかし、是が非でも御用金を取り戻さなければならない。

すぐに老中から、南北町奉行所と火付盗賊改方に対して探索が命じられた。

だが、箝口令を守りつつ正体不明の盗賊を探し出すのは容易ではなかろう。

十一代将軍家斎は、義理の息子であり泰山流剣術の達人でもある松平竜之介に、極秘の探索を命じようとした。

老中筆頭の水野越前守忠邦も、これに賛同した。

越前守は、かつて竜之介が拝領猿事件を鮮やかに解決した時から、彼の能力や人柄を高く評価していたのである。

ところが、古株の老中である小田原藩主・大久保加賀守忠真が、これに猛反対したのだ。

「たしかに、松平竜之介様はこれまでに数々の事件を解決して来たかも知れませぬが……そのように竜之介様ばかりを重用されるのは、いささか問題かと存じまする」

幕府の役職に就いているわけでもない大名の若隠居が、将軍家の威光を笠に着て重大事件の探索を行うことは、公儀の職制や仕組みを乱すことになる――というのが、加賀守の主張であった。

さらに加賀守は、「ただ一人で天下の大事件を解決するほどの器量を持つ者は、同時に、ただ一人で天下を狙うことも可能でありましょう」とまで言ったのである。

無論、竜之介に謀反の心など欠片もないことは、家斉も水野越前守も、よく知っている。

だが、常々、難事件が起こる度に竜之介に頼っているのは問題だと、家斉にもわかっていた。

実娘の桜姫からも、「お父上は、わたくしの旦那様に危険なお役目を押しつけすぎまする」と責められことともある。

そして、他の老中や若年寄からも加賀守の意見に同調する声が上がったため、家斎は結局、竜之介に密命を下すことを諦めたのであった。

ところが――松平竜之介は、偶然に御用金強奪事件に関わる武家娘を助けたことから、自らの意志で探索を始めたのである。

その結果、御用金事件は解決したのだが……驚愕の真相が明らかになったのだ。

すなわち、佐渡金三万両を強奪したのは、大神の雅次という盗賊の一味であった。

だが、その大神一味の祝酒に毒を持って三万両を横取りしたのは、夜叉姫お琉の一味なのである。

その三十個の千両箱は、御開帳の七地蔵を運ぶ大八車に隠して、密かに江戸へ運びこんだ。

そのお琉一味に協力したのが、現役の寺社奉行の稲葉甲斐守元勝だったのである。

谷崎藩三万五千石の大名である甲斐守は、極度の被虐嗜好者――つまり、マゾヒストであった。そして、レズビアンでサディストの夜叉姫お琉に、甲斐守は被虐奴隷として調教されて、三万両事件に加わったのである。

さらに驚くべきは、奪われた佐渡金三万両が、精巧な贋金であったのだ。

佐渡奉行所には、金座の後藤家の出張所がある。

そこで、採掘した金から小判を作り、佐の字の極印を打つ。これが、佐渡小判である。

佐渡奉行である千二百石の旗本・溝口左近太夫貞和は、小判所の作業を観察して、小判造りの技術を盗んだ。

そして、石商の日野屋と手を組み、腕利きの細工物職人を集めて監禁し、〈本物の贋小判〉を造らせたのである。

左近太夫は、佐渡奉行所から江戸に送られる御用金を途中で贋小判とすり替えて、勘定奉行に引き渡した。

つまり、ここ数年間、江戸城の金蔵に積み上げられた佐渡小判は、全て贋小判だったのである。

側近である新番頭の伊東長門守保典から、この途轍もない真相を聞いた将軍家斉は激怒した。

本物の佐渡小判は、溝口屋敷の蔵からかなり回収できたものの、全額ではない。

そして、すでに市中に流れてしまった贋佐渡小判の回収という厄介な問題もある。

当然のことだが、谷崎藩は取り潰しになり藩主の稲葉甲斐守は切腹、溝口左近太夫も切腹で家督相続は認められない。

そして、両者とも処分の理由は、「家中不取締につき」という曖昧なものであった。

だが、家斉が最も怒ったのは、事件の当事者よりも、老中と若年寄に対してであった。

「余が竜之介に密命に与えることが公儀の職制を乱すと言いながら、老中は大名の監視を怠り、若年寄は旗本の監視を怠っていたではないか。一体、あの者どもは己れの役目を何と心得ておるのか。もしも、竜之介が独自に探索を行わねば、この大事件は迷宮入りしていたかも知れぬのだぞ」

怒りのあまり、家斉は「竜之介の起用に反対した老中や若年寄どもに、切腹を申しつける」とまで口走り、長門守は必死で将軍を宥めたのだった。

そんな処分をしたら幕政が大混乱するし、事件の真相が世間に洩れてしまうかも知れない。

結局——竜之介排除を言い出した大久保加賀守は病気を理由に御役御免、加賀守に賛同した老中や若年寄は謹慎ということになった。

志村弾正も、その謹慎処分にされた一人なのである。

そして、反加賀守派であった板垣藩一万六千石の藩主・堀江右京亮義純が、若年寄筆頭に昇格したのであった。

これから、老中筆頭の水野越前守と若年寄筆頭の堀江右京亮が、謹慎中の老中と若年寄の今までの仕事ぶりを精査する。

その上で、問題のある者には、自分から御役御免を願い出るように、じわじわと圧力をかけるだろう……。

「――仮にだ」

自分は俎の上の鯉だと言ってから、志村弾正は無念そうに言葉を続けた。

「わしが若年寄として残留できたとしても、それ以上の出世は望めず、下世話に言う冷飯喰いということになるだろう。以前より、堀江殿は、わしと反りが合わぬでなあ」

「なるほど……ご心痛、お察し申し上げまする」

慈恩堂昌玄は、頭を下げた。

詳しい事情を訊かされなくても、志村弾正が幕閣の政争に敗れたのだ――ということは理解できる。

「ところで、お殿様――」

昌玄は声を低めて、

「もしも、堀江様が失脚なさったら、どうなりますか」

「なに」

弾正は、不審げな顔つきになった。

「堀江様が若年寄筆頭の地位でなくなれば、お殿様も安泰になるのではございませんか」

「それは、そうだがな。堀江殿は上様の信任も篤く、とても失脚など考えられぬ」

「いかに公方様の信任が篤かろうとも、役目を続けられぬ重大な落ち度があれば、別でございましょう」

自信たっぷりに、昌玄は言う。

「これ、昌玄」と弾正。

「その方は……堀江殿について、何か知っておるのか」

「いささか」昌玄は、ゆったりと頷いた。

「お殿様。以前よりお願いしておりました件でございますが――」

「ん？」弾正は少し考えてから、

「ああ、そうか……わしの推薦で、その方が、どこの旗本屋敷や大名屋敷へでも出入りできるように計らってくれ――という願いであったな。出来ぬことではないが」

「それをお約束いただければ、わたくしめが堀江右京亮様を排除いたしましょう」

不遜（ふそん）なことを平然と言う、昌玄なのだ。

「ううむ……」

弾正は半信半疑の表情で、用人の和泉伝蔵の顔を見る。

「慈恩堂」伝蔵は言った。

「その方が今申したことは、まかり間違えば首が飛ぶか遠島になるほど危（あや）ういものだ。わしも殿も、その方が嘘偽（うそいつわ）りを申しているとは思わぬ。だが……その堀江様の落ち度とやらの一端（いったん）でも教えて貰わねば、信用して良いかどうか判断が出来かねるぞ」

「それは、御用人様の仰（おお）せの通りでございますな。失礼いたしました」

昌玄は薄い笑みを浮かべて、

「では、申し上げましょう。実は――」

それから昌玄が話したことは、とんでもないものであった。

「まさか、そんなことが……」

伝蔵も弾正も、唖然とする。

「真実でございます」と昌玄。

「わたくしの手元に、動かぬ証拠もございます。どのような証拠かは、申し上げられませんが」

「……それなら」

唸るように、志村弾正は言った。

「たしかに、堀江右京亮を葬れるであろう」

相手を呼び捨てにした弾正の両眼には、地位と権力への欲望の炎が燃えさかっている。

堀江右京亮が若年寄筆頭の座から滑り落ちたら、上手く立ち回れば、自分がその座に就ける――と考えているのだ。

「万事は、この昌玄めにお任せくださいまし」

慈恩堂昌玄は両手をついて、叩頭した。

# 第二章　娘道場破り

## 一

本郷の浅山藩上屋敷で、志村弾正らが密談をしているのと同じ頃――青梅街道の高円寺村に、古びた辻堂がある。

晴れた空の下――その昇降段に浪人者が腰を下ろしていた。

五合徳利から茶碗に酒を注いで、ちびちびと呑んでいる。

年齢は四十過ぎだろうか、月代も髭も伸ばし放題の落ちぶれた姿だ。昇降段に置いた大刀は、鞘の塗りが剝げている。

「くそっ……強請の片棒を担いでやったのに、分け前がたった一両とは……やくざの分際で、馬鹿にしてやがる。これでも、小杉義之助は武士だぞ……」

愚痴をこぼしながら呑んでいた小杉浪人は、何気なく街道の西の方を見て、

「おっ」

酔いに赤く濁った目を、見開いた。

手拭いを米屋被りにした美しい女が、こちらへ歩いて来る。

手甲と脚絆を付けて、杖を突いているから、旅の女であろう。

女にしては大柄で、濃い眉に切れ長の目、唇の脇の黒子が艶っぽい。

年齢の頃は二十代後半、裕福な商家の女房のように見える。

それにしては、丁稚小僧も女中も連れていないのは、妙だが……。

小杉浪人は、さっと街道の左右に目をやった。歩いているのは、米屋被りの美女だけである。

「おい、女」

いきなり、小杉浪人は女の前に立ち塞がった。

「良いところへ来た。ここへ座って、酌をせい」

酒くさい息を吐きながら、小杉浪人は、女の全身を舐めるように見まわす。

「いえ……わたくし、先を急ぎますので。ご勘弁くださいまし」

女は怯えた様子で、頭を下げた。

「ならぬ。武士の頼みを断るとは、怪しからん奴だな」

小杉浪人は女の腕を摑むと、

「わしが礼儀というものを教えてやるから、ちょっと来い」

昇降段を上って、辻堂の中へ女を引きずりこんだ。

「お許しを、お許しを……」

女は弱々しく抵抗するが、小杉浪人は、木連格子の戸を閉めてしまう。

「ふ、ふふ。心配するな、乱暴なことはせぬ」

小杉浪人は女の肩を抱いて、右手で裾前を割った。

「算盤しか取り得のないような亭主なんぞでは味わえぬ、男と女の本当の妙味を教えてやろうというのだ。まずは、お前の弁天様の具合を…」

滑らかな内腿を撫で上げて、女の部分を弄ろうとした小杉浪人が、

「は、ぐっ？」

奇妙な呻きを洩らした。

どこから取り出したのか、女が、匕首を小杉浪人の腹に深々と突き刺したのである。

「お、お前は一体……」

呆然としている小杉浪人の左腰から、女は、素早く脇差を抜き取った。

小杉浪人は、糸の切れた操り人形のように、すとんと床に臀餅をついてしまう。

女は無造作に、その袴の股間に脇差を突き立てた。

「ぎゃっ」

男の物を貫かれて床に縫いつけられた小杉浪人は、白目を剥いて悶絶する。

そのまま、上体が仰向けに倒れた。後頭部が、床に勢いよく叩きつけられる。

「ふん」

先ほどまでとは別人のように、女は、肉食獣のような獰猛な嗤いを浮かべていた。

「男女の妙味ならぬ脇差の味は、どうだい？」

小杉浪人の腹に突き立てた匕首を抜き取ると、彼の小袖で刃を拭う。

血溜まりを踏まないように気をつけながら、女は、辻堂から出た。

観音開きの戸を閉めると、街道の東の方から駆けて来た小男が、

「あ、姐御っ」

昇降段の前に立って、ぺこぺこと頭を下げた。

「お待たせしました。この辻堂で姐御と待ち合わせる約束を、忘れたわけじゃねえんですがね。どうも、内藤新宿の宿場女郎は情が深くて、あっしを放してくれ

ねえもんだから……」

「えて吉、お前さんの女好きにも困ったもんだね」

「やだなあ、えて吉じゃねえ。俺が親に貰った名前は干支吉だと、何度も言ってるじゃありませんか。これでも、江戸で五本の指に入ろうってえ、早耳屋ですぜ」

早耳屋とは暗黒街の住人で、掻き集めた様々な情報をあちこちに売る稼業を言う。

「そりゃ、お見逸れしたねえ」

昇降段を下りてきた女は、そこにあった大刀や徳利などを、そばの繁みの向こうへ放り投げた。

「あれ……」

猿っぽい顔つきの干支吉は、不審げな顔つきになる。

「何かあったんですかい。今の刀は？」

「小汚い喰い詰め浪人が、あたしを、この辻堂の中で手籠にしようとしたのさ」

「それは……」えて吉は仰天する。

「お琉姐御に、なんてことを……命知らずな野郎ですね」

　この女——実は、夜叉姫(やしゃひめ)お琉の渡世名(ふたつな)を持つ女賊なのだ。背中の滝夜叉姫の彫物(ほりもの)が、その異名(いみょう)の由来である。

　先月の御用金三万両強奪事件、その下手人がお琉であった。

「いいんだよ。もう、くたばったから」

　あっさりと、お琉は言った。

「へへえ……」

　えて吉は、辻堂の格子戸の方を見た。戸の間から、じわじわと赤い血が滲(にじ)み出している。

「歩きながら話そう——」

　お琉は杖を拾って、何事もなかったかのように内藤新宿の方へ歩き出した。

「それにしても、姐御……江戸へ戻っても大丈夫なんですか」

　脇に並んで歩きながら、早耳屋の千支吉が言う。

「町奉行所や火盗改(かとうあらため)の眼があるってのかい」

「へい。何しろ火盗改の包囲網を破って、まんまと逃げおおせたんですからねえ。当時は、奴ら、血眼(ちまなこ)で捜しまわってましたよ」

　先月の十三日の夜——谷中で大捕物があった。

前にも述べたように、佐渡奉行の溝口左近太夫と組んだ石商の日野屋が、細工物の職人を監禁して精巧な贋小判を造らせていたのである。

その贋造小屋があったのが、谷中の石置場なのだ。

贋小判の事を知ったお琉は、一味を引き連れて石置場を襲った。

日野屋も職人たちも皆殺しにして、贋小判を奪うためである。

だが、そこに松平竜之介が乗りこんだのだ。

さらに、お琉に配下の者を毒殺されて三万両を横取りされた大神の雅次も、死客人の無明とともに現れた。

四つ巴の乱戦になった石置場だが、そこを火付盗賊改方・宗方大膳が五十余名の部下で包囲したのである。

お琉は、腹心の配下である蜘蛛丸の活躍により、包囲を脱出することが出来た。

近所の農家で馬を奪うと、お琉は日光街道を疾走した。火盗改の与力も、馬で追いかけて来た。

そして、千住大橋からお琉は馬ごと転落したのである。

ただちに、荒川の両岸が捜索されたが、馬の死骸は見つかったものの、お琉は行方不明であった。

火盗改は、「溺死して下流の大川から海へ流された」と判断した。

だが、お琉は生きていたのだ。

女のくせに泳ぎの達者なお琉は、荒川を遡って、三河島村の岸へ這い上がったのである。

そして、千住とは逆方向の青梅街道から江戸を出て、西の甲府に潜伏していたのだった。

「もう、火盗改の手配も、ほとぼりが冷めてるさ」

お琉は薄く嗤って、

「この付け黒子も、悪くないだろ？」

「そりゃもう、ますます艶っぽくおなりで……」

「あたしの手配書には、口元に黒子があるとは書いてない。こうやって黒子があると、みんな、それに気を取られるからね。お琉と気づかれないのさ」

「そういうもんでしょうか」

「一年も二年も身を隠しているわけにはいかない。手下がみんな斬られるか捕まるかしちまったから、使える奴を集めないと。そして、火盗改も町方も腰を抜かすような大仕事をやってのけるのさ」

「そいつは豪気だ。さすが、夜叉姫の姐御だね」

　干支吉は嬉しそうに言う。

「それにね。あたしの邪魔をした素浪人を始末しなきゃ、気がおさまらないんだ。あいつさえしゃしゃり出て来なきゃ、火盗改なんぞにむざむざ包囲されることもなかったのに」

「女誑し（おんなたら）の松浦竜之介という奴ですね」と干支吉。

「松平竜之介とも名乗って、公方様（くぼう）の一族みたいなことを匂わして、女どもを口説いているようです。ふざけた野郎ですよ」

「そうか……自分の身を犠牲にしてあたしを逃してくれた蜘蛛丸のためにも、竜之介の奴を生きたまま斬り刻んでやる」

　お琉の両眼には、鬼火（おにび）のような光が浮かんでいた。

## 二

「辻斬りのことは、あっしも耳にしておりましたが……正体が、小姓（こしょう）に化けた若い娘だったとはねえ」

老練な御用聞きである白銀町の由造は、首を捻った。

「しかも、胸をはだけて相手に見せつけてから斬る——その娘小姓は、色狂いか何かじゃありませんか」

「八人もの人間を手に掛けたのだから、正気ではないだろうが……昨夜、斬られた道場主もかなりの遣い手らしい。己れの肌を見せて悦ぶような色欲の娘なら、とても勝てぬと思うのだが」

竜之介は言う。

二人は日本橋の北側、浜町堀に架かる汐見橋を渡っていた。

青梅街道の辻堂で、夜叉姫お琉が喰い詰め浪人を刺殺してから一刻半——三時間ほどが過ぎている。

竜之介は、昨夜遅くに青山の愛妻御殿に帰り、心配をかけた詫びに、三人妻を相手にして濃厚な愛姦を行ったのだ。

夜明け近くまで、様々な形で繰り返し媾合したので、ひどく寝坊してしまったほどである。

しかし、どうしても辻斬りのことが気にかかり、妻たちと遅い昼餉を摂ってから、竜之介は御殿を出て来たのだった。

辻斬りの探索をするのであれば、浅草阿部川町の家にいた方が便利である。

浅草へ向かう途中に、折良く由造と出会ったので、昨夜の話をして聞かせたのだった……。

「しかも、その男装小姓は鬼の面を被っていたわけですね。惜しいですな。顔さえわかれば、見つけやすいのですが」

「それだがな――」

竜之介は懐(ふところ)から折りたたんだ紙を取り出して、由造に渡す。

「娘小姓の被っていたのは、こういう鬼の面だ。夕べ、自身番に絵師を呼んで、面の絵を何枚か描いて貰ったのだ」

「なるほど……」

由造は、受け取った絵を広げて、

「これはいい。写しをとって、松吉(まつきち)や久八(きゅうはち)に面造りの職人や売ってる店を調べさせましょう」

松吉と久八は由造の下(した)っ引(ぴき)で、二人とも俠気(おとこぎ)のある竜之介に心酔している。

竜之介に関わりのある探索となれば、二人は、いつも以上に張り切って、江戸中を歩きまわるだろう。

「ご苦労だが、当たってみてくれ」

「上手い具合に、面を買った小姓を覚えている者がいると良いのですが」

「うむ……のんびり妻たちと花見などしたいと思っていたが、この辻斬り事件を解決するまではお預けだな」

竜之介がそう言ってから、ふと見ると、通りの七、八間ほど先で人だかりがしていた。

「何でしょうね。ちょっと、見て参ります」

由造は小走りに人だかりに近づいて、手前の職人風の男に話しかけた。そして、すぐに戻って来る。

「竜之介様」由造の顔は緊張していた。

「あそこは、元は商家だったのを改装した剣術道場ですが、今、道場破りが来ているそうです。それが——若い娘の兵法者だそうで」

「何だと」

竜之介も急ぎ足で、その道場へ向かった。

由造が「ちょっと通してくれ」と野次馬を掻き分けて、竜之介が連子窓の前へ行けるようにする。

「む……」

窓から道場を覗きこんだ竜之介は、眉を寄せた。

たしかに、防具も付けずに道場に立っているのは、きりっとした美しい顔立ちの娘である。年齢は十八、九だろう。

御納戸茶(おなんどちゃ)の小袖に縞(しま)の袴(はかま)という姿で、髪は中剃(なかぞ)りせずに若衆髷(わかしゅまげ)を結(ゆ)っていた。

背丈は並の男よりも低いが、木刀を下段に構えた様子を見れば、鍛え抜いた躯(からだ)であることがよくわかる。

「竜之介様――」

脇から、由造が声をかけると、

「うむ……似ている」

男装の娘兵法者から目を離さずに、竜之介は頷いた。

身形(みなり)こそ違うが、背格好も下段の構えも、昨夜の辻斬りにそっくりなのであった。

「どうなされた――」

娘が、冷たい口調で言う。

立ち合っている対手(あいて)が、固まったように動かないからであった。

見ると、道場の隅に門弟四人、同輩に介抱されながら横たわって呻いている。

この娘と立ち合って、敗れた者たちだろう。

不在なのか、神棚の下に道場主の姿はない。

「む、むむ……」

五人目の門弟は三十半ばくらいで、大上段に木刀を振りかぶったまま、進退窮まっているのだった。

その顔は脂汗まみれて、口元が痙攣している。

「では、こちらから参るっ」

男装娘は、すっと前へ出た。

「おおっ」

反射的に、門弟は木刀を振り下ろす。

がっと音がして、その門弟の手から木刀が消えた。

娘が手首を返して、下段から斜め上に打ち払ったのである。

矢のように吹っ飛んだ木刀は、道場の羽目板に突き刺さった。

その衝撃で、壁に掛かっていた木刀が、けたたましい音を立てて床に落ちる。

そして、娘は斜めに振り上げた木刀を反転させると、愕然としている門弟の頭頂部に振り下ろした。

「ああっ」

窓の外の野次馬たちが、悲鳴のような叫びを洩らす。

が、木刀は門弟の頭から半寸ほどのところで、ぴたりと停止した。

「う……」

頭を砕かれると思っていたらしい門弟は、へなへなと床に座りこんでしまった。

腰が抜けたのだろう。

「凄（すげ）えなあ、あの別嬪（べっぴん）さん」

「あの五人目は師範代なのに、手も足も出ねえなんて」

野次馬たちの間から、賞賛のどよめきが上がった。

（強い……）と竜之介は思う。

（並の剣術者では歯が立つまい。やはり、この娘が昨夜の辻斬りであろうか）

木刀を引いた娘は、後ろに退（さ）がり木刀を左手に持ち替えてから、一礼した。

そして、壁際に座った門弟たちを見まわす。

「さて、次は――どなたかな？」

「……」

門弟たちは、目を伏せて黙りこむ。

「左様か。江戸の方々は遠慮深いですな」

男装娘は蔑みの表情で、脇に置いていた大刀と脇差を、左腰に落とす。

「では、充分に勉強させていただいたので、わたくしは引き揚げることに致します。高名な山本先生とお手合わせ出来ず、実に残念ですが……先生には、よろしくお伝えください」

鮮やかに一礼してから、門弟たちに背を向けた。門弟たちは押し黙ったままで、誰も動かない。

娘兵法者は道場から出て来ると、玄関の脇の「真伝大伴流　山本道場」と書かれた看板に目をやった。

「ふふ、看板だけは立派なものだな」

そう呟いた娘は、野次馬たちの好奇の視線を無視して、汐見橋の方へ歩いて行く。

「………」

竜之介と由造は目と目で頷き合って、さりげなく野次馬たちから離れた。

そして、二人は通りの両側に分かれて、距離を置いて娘兵法者のあとを尾行る。

三

娘兵法者（むすめひょうほうしゃ）は、汐見橋を渡った。

半町ほど先の角に、赤い鳥居がある。朝日稲荷という小さな神社である。

娘は、その鳥居を潜った。

「――」

松平竜之介は、通りの道の向こう側の由造が自分より後方にいるのを確かめた。

そして、その鳥居の前を通り過ぎることに決めた。

仮に自分が娘より先行したとしても、由造が娘の後ろから尾行しているからだ。

足の運びを変えずに歩きながら、竜之介は、稲荷の境内を横目で窺（うかが）う。

「ん？」

細長い境内の奥の社（やしろ）の前で、六人の男が娘兵法者を取り囲んでいる。二十代から三十代の武士であった。

そして、彼らは娘を囲んだまま、東側の脇門から出て行った。

稲荷社の隣は、三百坪ばかりの空地になっている。

肩越しに振り向くと、異変を察したらしく、由造がこっちへやって来た。

「何です」

「どうも、あの娘は待ち伏せされていたようだ」

「へえ……？」

「行ってみよう」

由造を促して、竜之介は、雑草の生い茂る空地へ入った。

奥に古い物置小屋があり、その向こうに、娘兵法者と男たちが立っている。

竜之介と由造は、小屋の蔭に身を潜めた。

「倉田朝実、我ら六人の顔に見覚えがあろう」

一同の中で年嵩と思われる男が、厳しい口調で言った。

「さて……どちらで、お目にかかりましたかな」

悠然と武士たちを見まわして、娘兵法者の倉田朝実は言う。

「何だとっ」

男たちは、怒気も露わに大刀の柄に手をかけた。

「我らは、深川の高峰道場の者だ。先日の道場破りの礼に来たのだっ」

「ほほう……あの時の打身が、ようやく癒えましたか。それは重畳」

朝実は唇を歪めて、

「なれど、また痛い目に遭うためにわざわざ待ち伏せされていたとは、物好きな方々だな」

「言ったなっ」

男たちは、一斉に大刀を抜いた。

「俺は長瀬九郎太だ」年嵩の男が叫ぶ。

「木刀では貴様に破れたが、真剣での勝負は別だぞ」

「それは、どうだろう」と朝実。

「私をどうにかしようというなら、ちと頭数が足らぬようだが」

そう言って、すらりと刀を抜く。そして、下段にとった。

「死ねっ」

右側の若い男が、朝実に斬りかかる。

が、朝実は斜め上へ刃を振るって、その者の大刀を払い飛ばした。

先ほど山本道場で見せたのと、同じ手である。

そして手首を返すと、刃を振り下ろした。

若い男の左耳が、すっぱりと切断される。

「わ、わああっ」

血まみれになった耳の跡を両手で押さえて、若い男は悲鳴を上げた。

「おうっ」

正面の長瀬九郎太が、大刀を振り上げて突進して来た。

朝実は冷笑を浮かべたまま、左へ回りこみ、ひゅっと刃を振るう。

「げっ」

右の上膊部を斬り裂かれて、長瀬はよろめいた。

辛うじて左手だけで剣を構えたが、右腕の出血を見て蒼白になる。

「たしかに、真剣での勝負は別ですな。血が流れる」

朝実は、落ち着いた口調で言う。

「早く血止めをした方が良い。血が流れ過ぎると、命に関わりますぞ」

「ぬ、ぬぬ……」

長瀬は悔しそうな顔で、後退った。

朝実は、再び下段の構えに戻る。

それを待っていたかのように、左斜め後ろにいた男が、無言で突きを繰り出した。

が、蝶が舞うような動きで剣尖をかわすと、朝実の刃が一閃した。

「ぎゃっ」

その男は悲鳴を上げた。左手の甲を斬られて、思わず柄から手を放す。

さらに朝実の刃が閃くと、ばらばらと四本の指が地面に落ちた。

「ゆ、指が、俺の指が……」

かっと両眼を見開いて、男は、親指だけになった自分の左手を凝視する。

「そなたも、血止めを急ぐことだ」

朝実は言って、残った三人を見まわす。

「他に斬られたい方は？」

「む……」

「くそっ」

「んん……」

三人は互いに顔を見合わばかりで、自分から朝実に斬りかかる勇気はないようだ。

「では、これまでのようですな」

倉田朝実が血振して納刀しようとした——その瞬間、草叢の中から飛び出したものがあった。

それは、縄の輪であった。

毒蛇のように襲いかかって、朝実の右手首に嵌まると、きゅっと引き絞られる。

「あっ」

驚きつつも、朝実は、大刀を左手に持ち替えようとした。

が、別の草叢から、もう一条の投げ縄が飛んで来る。

そいつは、朝実の左手に嵌まった。すぐに引き絞られて、きつく左手首を締めつける。

倉田朝実は、左右の手を縄で引っぱられて、動かせなくなってしまった。

草叢から立ち上がった二人の男は、武士ではなかった。風体からして、どうやら、観世物小屋の芸人らしい。

「卑怯なっ」

柳眉を逆立てて、朝実は叫んだ。

「馬鹿め、油断した貴様が愚かなのだ」

手拭いで仮の血止めをした長瀬九郎太が、嘲笑う。

「貴様が勝ち誇ったところで、こいつらが投げ縄を飛ばすように、手筈を整えていたのだ」

　二人の芸人は、さらに縄を引き絞った。

「ぬ、ぬ……」

　朝実の右手から、大刀が地面に落ちる。

　鍛え抜いた肉体の娘兵法者だが、さすがに大の男が二人、体重をかけて縄を引っぱっているので、振りほどくことは難しいようであった。

「膾斬りにしてるぞ。だが――」

　長瀬は、にやりと嗤った。

「その前に裸に剥いて、たっぷりと嬲りものにしてやる」

「下衆めっ」

「その下衆に、三日三晩かけて腸が裏返しになるほど手籠にされたら、少しはしおらしくなるだろうよ」

「長瀬さん、我々もお相伴させていただけるのでしょうな」

　無傷の男が、卑しい顔つきで言う。

「お主たちは、働いておらんではないか」と長瀬。

「負傷した我ら三名が、まず先乗りだ。勿論、先鋒は俺だがな」

「はあ……」

「とにかく、我らが医者の手当てを受けてからだ。まずは、いつもの出合茶屋の離れに、この女を運びこもう」

そう言って、長瀬九郎太は朝実に近づいた。

「寄るなっ」

嫌悪と怯えの表情で、朝実は叫ぶ。

「怖がらなくても良いぞ。貴様の胸乳を拝見するだけだ」

長瀬が男装娘の襟元を押し広げようとした、その時——飛来した小柄が、朝実の右手首を拘束している縄を斬った。

「おっ」

すぐさま、朝実は右手で大刀を拾い上げて、斜めに斬り上げる。

「わあっ」

鼻筋を斬り裂かれた長瀬は、臀餅をついた。

さらに、朝実は、左手首を拘束している縄を断ち斬る。

そこへ飛び出して来たのは、松平竜之介である。

「たわけっ」

一喝して、大刀の峰を長瀬九郎太の右肩に叩きこんだ。

「ぐぎゃっ」

鎖骨と貝殻骨を微塵に砕かれ、長瀬は濁った悲鳴を上げる。

「な、な、何だ、貴様はっ」

残った五人は狼狽えた。

だが、竜之介はそれに答えず、左耳を斬り落とされた奴の左肩を一撃し、左の指を落とされた奴の脇腹に大刀を叩きこむ。

「げぼァっ」

肋骨を砕かれたそいつは、激痛のあまり胃液を吐き散らした。

無傷の男たちの前に立った竜之介は、瞬く間に三人の髷を斬り飛ばした。

「ひゃああァっ」

ざんばら髪になった三人は、老婆のような悲鳴を上げてしまう。

「見苦しい。怪我した仲間を連れて、早々に立ち去れ」

竜之介は、彼らに切っ先を突きつけて、

「二度と、このような悪辣な真似をするなよ。次は髷ではなく、首が落ちることになるぞ」

「は、はいっ」

あわてて、三人は長瀬たちを助け起こすと、空地から逃げ出す。

二人の芸人は縄を斬られた時に、いち早く逃げたようであった。

竜之介が納刀して振り向くと、

「なぜ、無用な手出しをしたっ」

倉田朝実が、彼に怒声(どせい)を浴びせた。

大刀は鞘(さや)に納まり、縄の輪を捨てた朝実は、右手を左手で揉みほぐしている。

「これは、どうも」

竜之介は苦笑して、小柄を拾い上げた。

「縄で手首を締めつけられると、血の流れが止まって、しばらくは手指が動かしにくくなる。それで加勢させて貰ったのだが……決して、そなたの腕前を軽んじたのではない」

「う……」

朝実は、右手を揉んでいた左手を、ぱっと放した。

「わしは松平…いや、松浦竜之介という浪人者。山本道場でのそなたの立合(たちあい)を見せて貰ったが、感服した。よほど修業を積んで来たのだろうな」

「当たり前だ。私は……」

何事か言いかけてから、朝実は口を噤む。

そして、そっぽを向いて、

「私は倉田朝実だ。松浦殿、二度と私に関わらぬように。よいな？」

そう言い捨てて、男装の娘兵法者は空地を出ていった。

竜之介がそれを見送っていると、小屋の蔭から出た由造が、そばにやって来た。

「竜之介様――」

「あの娘の住居を突きとめてくれ。汐見橋の袂に、〈三州屋〉という蕎麦屋があったな。わしは、そこで待っている」

「へい」

会釈をして、由造は空地を出て行く。

「あの娘……」竜之介は呟いた。

「私は――と、何を言いかけたのかな」

# 第三章　貞操百両

一

蕎麦屋〈三州屋〉の二階の座敷に上がった松平竜之介は、酒肴を注文した。

「人と待ち合わせをしているので、少し長居をするかも知れぬが、よろしく頼む」

そう言って心付けを渡すと、

「どうぞ、ごゆっくり」

相模者らしい中年の女中は、にっこりと微笑んだ。

心付けの効果もあってか、すぐに膳が運ばれて来た。

（あの倉田朝実という娘兵法者は、昨夜の鬼面の辻斬りだろうか）

竜之介は手酌で飲みながら、それを考える。

人間の立ち振る舞いには、各人の個性があり、顔を隠しても所作を見れば同一人だとわかるものだ。歩き方にも特徴がある。

意識して所作を変えれば別だが、由造のような特別な稼業の者でない限り、なかなか、そんな真似は難しい。

朝実を見れば見るほど、辻斬りの所作と同じように思える。

そして、下段から斜めに木刀を払い上げてからの真っ向唐竹割り――五人目の門弟の頭部を砕きこそしなかったが、辻斬りの太刀筋に似ているではないか。

(だが、腕試しがしたいのなら、道場破りで充分だろう。あの空地での斬り合いでも、朝実は相手の命を奪わなかった……しかし、辻斬りは一撃で相手を殺している)

昼間と夜では、朝実の性格が変わるのだろうか。

夜になると人を斬りたくなる――という異常者なのだろうか。

(ひどく勝ち気な娘ではあったが、そのような異常な気性には見えなかったな)

何度か酒を追加して、溜り醤油につけた鴨肉の焼いたものを口に運びながら、竜之介はそのことを考え続けた。

二刻――四時間ほどが過ぎたが、由造は来なかった。

（まさか、尾行を見破られて、朝実に斬られたのではあるまいな）

しかし、初老の由造ではあるが、足腰はしっかりしているし、逃げ足も早い。まして、相手は辻斬りかも知れない者なので、用心に用心を重ねているはずであった。

（ひょっとして、由造は何かの都合で、阿部川町の方へ行ったのかも知れぬ……）

竜之介は手を打って、女中を呼んだ。そして、硯箱を頼む。

懐紙に「阿部川町で待つ　竜」と書いて折りたたみ、それを女中に預けて、

「由造という者が来たら、これを渡してくれ」

そう頼むと、再び心付けを握らせる。

「はい、はい。承知致しました、お任せ下さいまし」

ほくほく顔の女中は、何度も頭を下げた。

勘定を払って店を出た竜之介は、酔いを感じながら浅草橋の方へ歩き出す。

昨夜と同じく、生温かい夜であった。

浅草橋を渡ると、御蔵前通りである。

これから吉原遊廓へ向かうのであろう、何となく浮き浮きした様子で歩いている男たちが多かった。

御蔵前通りの鳥越橋の手前で、竜之介は左に曲がる。

この辺りは人通りが絶えて、静かであった。

竜之介は、御回米納会所の前の稲荷橋を渡る。

すると、鳥越川沿いの柳の蔭に、人が立っているのが見えた。

武家の女らしい。しかも、草履を履かない足袋跣足であった。

ほっそりとした儚げな美女で、悄然として川の流れを見ている様は、ただ事ではない。

「あっ」

近づいて来る竜之介に気づいて、女は、目の前の鳥越川に飛びこもうとした。

「まだ水は冷たいぞ」

竜之介は、わざとのんびりした口調で言った。

「それに、飛びこむなら大川の方が良い。この川では浅いだろう」

そう言いながら、竜之介は足元の小石を拾う。

「……………」

二十歳くらいの女は、自殺の気力を削がれたらしく、立ち尽くしていた。

「武家方の女人なら、裾前が乱れぬように両膝を腰紐で縛って座り喉を突くのが、正式な作法だ。川や堀に飛びこむのは、町方の女のすることだな」

「………」

竜之介は、顔を伏せた女の顔を見つめて、

「無論、何か事情があるのだろう。良かったら、わしに話してみるがいい。力になれるかも知れぬし、話してから、どうしても自害したいというのなら、無理に止め立てはせぬ——どうかな」

「貴方様は……」

女は目を上げて、訊く。

その瞬間、竜之介は振り向いて、拾った小石を投げつけた。

天水桶の蔭に隠れていた奴の顔に、小石が命中した。そいつは片手で顔を押さえて、あわてて逃げ出す。

「ぎゃっ」

「今の奴、堅気ではないようだな」

そう言ってから、竜之介は、女の方へ向き直って、

「わしは松平…いや、松浦竜之介という気楽な浪人者だ。阿部川町に住んでおる」

「わたくし……千登世と申します」

力のない声で、女は言った。

## 二

近くで駕籠を雇って、松平竜之介は、千登世と名乗った女を阿部川町の家へ連れて来た。

念のために、二度、駕籠を乗り換えている。

そして、途中で草履屋の大戸を叩き、女物の草履を買った。

「松浦様。何から何までお世話になりまして――お礼の申し上げようもございません」

居間で、千登世は両手をついて、淑やかに頭を下げた。

二人の前には、熱い茶が置いてある。

いつも家の中の面倒を見てくれている近所のお久という老婆が、竜之介が帰って来たのに気づいて、やって来た。

そして、千登世を見ても何も聞かずにお茶だけ淹れて、さっと引き揚げたのである。

「家の名は、無理には聞かぬ」と竜之介。

「とりあえず、話せることだけ話してみるがいい」

「はい……」

「千登世殿。そなたが足袋跣足だったのは、どこかの座敷から逃げ出して来たからではないか」

「まあ」

図星だったのだろう、千登世は目を見開いた。

「そして、天水桶の蔭に隠れていたごろつきは、逃げたそなたを連れ戻しに来たが、わしが現れたので様子を見ていたのだろう」

「なぜ、ご存じなのですか」

千登世は不思議そうに、竜之介を見つめる。

「ははは、知っているわけではない」と竜之介。

「ここへ戻る途中の道すがら、駕籠の脇で歩きながら考えてみたのだ――どうやら、当たったようだな」

「……」

「そして、千登世殿のような慎み深い武家の女人が足袋跣足で逃げ出す理由は、おそらく――己れの操を守るため」

つまり、何者かに強姦されかかったのだろう――と竜之介は考えたのである。

「それは……」

千登世は俯いた。そして、蚊の鳴くような声で、

「ご推察の通りでございます」

「うむ」

「でも、松浦様が、一つだけ思い違いをされていることが」

「おや、何だろう」

「わたくしは、すでに……浄い身ではございません」

涙声で言って、袂で顔を覆ってしまう。

千登世が啜り泣くのを、しばらくの間、竜之介は穏やかな眼差しで見守っていた。

「失礼致しました――」

目許を袂で押さえてから、千登世は頭を下げた。

「事情を、お話しいたします」

「わたくしは、家禄四百三十石の旗本、今井靭負の娘でございます。祖父の代までは御小納戸組頭を務めておりました、父は無役で、小普請組に入っております」

「聞かせて貰おう」

家禄が三千石よりも下の旗本で役職についていない者は、小普請組入りとなる。そして、家禄に応じた額の小普請金を納めねばならない。

「多くの旗本がそうであるように、我が家も手元が苦しく、知行地からも札差からも金を借りており、小普請金を納めるのもやっとという有様でございました」

札差は米の流通業者で、年貢米を換金して手数料をとる商売だ。

そこから、先々の年貢米を担保として旗本や御家人に金を貸すようになった。

あまりにも札差の力が強くなりすぎたので、幕府は度々、彼らを抑えこもうとしたが、あまり効果は上がっていない。

「そして、我が家ではどうしても百両という大金が入り用になったのですが……巷の金貸しは旗本や御家人には融通いたしません」

武士を相手に金を貸して返済が滞った場合、金貸しが町奉行所に訴え出ても、「当事者で話し合うように」と言われるだけで、家屋敷の差し押さえも出来ない。

なので、金貸しは、旗本や御家人に貸すことを嫌っている者が多かった。

「困っていたところ、出入りの商人が万寿講というものを紹介してくれました」

「万寿講……武士は、頼母子講に入ることは禁じられているはずだが」

頼母子講とは、庶民の互助組織である。

ごく単純に言うと、総勢三十人の頼母子講があるとして、一人が毎月一両を掛け金として払うと、三十両が集まる。

そして籤引で当たりを引いた者が、その三十両を貰うのだ。

無論、その当たった者は、以降も毎月一両の掛け金を払い続けることによって、三十両の返済をするわけだ。

三十人全員が三十両を貰ったところで、頼母子講は解散となる。

しかし、実際は、当たりを引いて金を受け取った後に、毎月の掛け金を払わず逃げてしまう者もいた。

これが「退出」で、こういう不届き者がいると、頼母子講は破綻してしまう。

それで、幕府は、揉め事防止のために、武士が頼母子講に入ることを禁じていたのだった。

「いえ、その万寿講というのは、武家の妻女が集まって月々の積み立てをして、春や秋に花見や紅葉狩りを行う風流の会――と聞いたのです」

「風流の会か……だが、実際は違っていたのだな」

「はい」

悔しそうに、千登世は紅唇を嚙んだ。

彼女の説明によれば――風流はただの表看板で、万寿講は、紹介してくれた商人が、武家の妻や娘だけに高利で金を貸すという仕組みだったのである。

借金証文は、武家の妻か娘の名で書く。

そして、もしも返済が滞ったら、「人通りの多い日本橋や西両国で、その借金証文を曝す」というものであった。

武家と高利貸しが借金の返済で揉めるのは世間によくあることで、平然と踏み倒して知らぬ顔をする武士もいた。

だが、それは武家の当主が借りている場合である。

武家の妻や娘が借金をして返せなくなったとなると、これは武家社会では大変な醜聞となる。

妻は親戚の集まりにも顔を出せなくなるし、娘の場合は、結婚相手を見つけることも出来なくなるだろう。

なので、借りた方は必死で返済することになる。

「わたくしの名前で……証文を書いて、万寿講から百両を借りました」

昏い表情で目を伏せたまま、千登世は言う。

「ですが、利子は払っても元金をなかなか返すことが出来ず、ついに返済の期限が来てしまったのです」

すると、万寿講の高利貸しは、百両の借金を帳消しにする方法を提案して来た。

「それが、つまり……わたくしの操を百両で売れと言うのです」

千登世は、血を吐くような声で言った。

三

「ふうむ……」

松平竜之介は難しい顔になり、腕組みをした。

「相手は、呉服商の美濃屋という者でした。わたくしが一晩だけ美濃屋の玩具になれば、百両の証文は返すという話でした」

無論、千登世はその申し出を拒絶した。

だが、拒絶して百両が返せなければ、借金証文が大道で曝されることになる。そうすれば、千登世だけではなく、今井家の恥となろう。

「喉を突いて自害することも考えました。でも、わたくしという者が死んだところで、百両の借金は残り、さらに今井家は窮地に陥ります」

「……」

「母上に相談すると、涙を流しながら、御家のために辛抱してくれ――と言われまして」

結局、千登世は、美濃屋に会うことを承諾した。

場所は、浅草森田町の料理茶屋〈花房〉――その離れで、六十近い好色老人の美濃屋錦兵衛に、千登世は抱かれたのだ。

これが、五日前のことである。

「美濃屋との約束では、番頭が翌日に借金証文を屋敷に届ける――ということでした。ところが、翌日もその翌日になっても、証文は届きません。それで、うちの用人が昨日、美濃屋を訪ねたのですが……」

何と美濃屋錦兵衛は、

「旗本のお嬢様で生娘とはいえ、一晩で百両は、いくら何でも都合が良すぎやしませんかね。吉原の華魁でも、それほど高くはない。まあ、千登世様がもう一晩だけ私に付き合ってくれれば、証文はお返ししますよ。いや、その場では返せません。あれの前に、刀を抜いた家来衆に証文を奪われたら困るからね。翌日、お届けしますよ、はい」

　平然と嘯いたのであった。

　激怒した用人の田代弥右衛門が、刀を抜こうとしたら、

「ほほう、抜きますか。結構ですよ、お斬りなさい」

　薄笑いを浮かべて、美濃屋は挑発した。

「ただ、そうすると、町奉行所の同心が調べに来ますなあ。料理茶屋で今井家のお嬢様が私と何をなさったか、天下に知れ渡るでしょう。これは楽しみだ、御用人様、さあ私を斬って下さい」

　無論、美濃屋に斬られる覚悟などない。それはわかっているが、仮に手傷を負わせただけでも、この度の醜聞が暴かれて今井家は断絶であろう。

　仕方なく、田代用人は怒りで震える右手を押さえて、屋敷へ戻ったのである。

　美濃屋が指定したのは翌日の夜、場所は同じ花房の離れ——用人は、これを今井家の母娘に報告した。

「それで今夜、千登世殿は森田町に出向かれたのだな」

「はい……」

千登世は悲しげに頷いて、

「どうせ潰された躯なのだからと諦めて、迎えの駕籠に乗って花房へ行きました。そして、美濃屋錦兵衛に酒の酌をさせられて……ところが」

床入りの前に美濃屋が、信じられぬことを言ったのである。

「ここには湯殿の用意もあるから、三日ほど泊まって行きなさい。そうすれば、朝でも昼でも夜でも、私が好きな時に可愛がってやれるからね」

つまり、千登世が今晩相手をしても、証文を返す気はなかったのだった。

「このままでは、三日どころか、証文を楯に取って一生嬲りものにされる——そう気がついたわたくしは、美濃屋が小用に立った隙に、座敷から飛び出して裏木戸から逃げたのでございます」

逃げ出したのは良いが、足袋跣足のまま市ヶ谷の屋敷へ戻る事も出来ない。

戻ったとしても、百両の件はどうするのかという問題もあり、千登世は、鳥越川の畔で悄然としていたのである。

そこへ、松平竜之介が行き逢わせたのである。

「なるほど……」竜之介は深々と頷いて、

「天水桶の蔭にいた奴に、心当たりは？」

「前の時も今夜も、迎えの駕籠と一緒に柄の悪い町人が付いて来ました。おそらく、見張りのようなものだと思います」

「わかった。千登世殿、辛い話をさせて済まなかったな」

つまり、小石が命中したごろつきは、高利貸しの手先であろう。

「いいえ……松浦様にお話ししたら、少しだけ気持ちが落ち着いたように思います」

千登世は、寂しげな笑みを見せる。

「だが、もう自害をする必要はないぞ」

「え」

「明日にでも、わしが美濃屋へ行って、百両の借金証文を取り返してやる」

「まことでございますか、松浦様」

信じられないという表情で、千登世は訊いた。

「まことだ」竜之介は頷いた。

「千登世殿の受難を聞いた以上、わしは武士として、そんな卑劣な悪党は放ってはおけぬ。必ず証文は持って帰るから、安心しなさい。その上で、屋敷まで送って進ぜよう」

「松浦様……」

感謝の涙で瞳を濡らした千登世は、竜之介に躙り寄った。

そして、男の胸に顔を埋めて、

「松浦様……わたくしの…わたくしの軀を浄めてくださいまし」

四

夜具の上に、今井千登世は、仰向けに横たわっている。肌襦袢一枚の姿であった。

両手で顔を覆った千登世の脇に、松平竜之介は身を横たえる。下帯一本の逞しい裸体なのだ。

竜之介は、千登世の両手を外して、その唇に接吻した。そして、舌先を差し入れる。

「ん……」

千登世は、情熱的に舌を絡めてきた。二人は互いの舌を吸い合う。
濃厚な接吻を続けながら、竜之介は、千登世の帯を解いていた。
肌襦袢の前を開いて、胸をまさぐる。
ほっそりした肢体（したい）なのに、みっちりと量感のある乳房であった。
男の愛撫によって、蜜柑色（みかんいろ）の乳頭が硬く尖る。
竜之介は接吻を解くと、千登世の白い喉に唇を押し当てた。
そして、唇と舌先で愛撫しながら喉から胸に移動し、左の乳房の乳頭を吸う。
「あ……あァあ……」
千登世は、切なげに呻（うめ）いた。
右の乳房も丁寧に吸ってから、竜之介の唇は、滑（なめ）らかな腹部に移動する。
そして、右手が、腰を覆っていた下裳（したも）を剥（は）いだ。
柔らかな恥毛で飾られた亀裂が、剥（む）き出しになった。
恥毛は帯状に生えて、亀裂は茜色（あかね）をしている。
竜之介は、その亀裂に唇をつけた。
「あっ」
千登世が、小さな悲鳴を上げる。

「そのようなことをなさっては……羞かしい、羞かしゅうございます」

「千登世殿の大事なところが、あまりにも綺麗だったので、挨拶をしたのだ」

「そんなお戯れを……ひっ」

竜之介の舌が亀裂を舐め上げたので、千登世の軀が、釣り上げられた鮎のように、びくんっと震える。

男の舌は、亀裂の内部にまで侵入した。

花孔を探り当てると、その奥へ丸めた舌先を潜りこませる。

花孔内部の肉襞を舐められて、千登世は、思わず身悶えをした。

透明な愛汁が、とくとくと湧き出して来る。

竜之介は、それを音を立てて啜った。

「い、いけませぬ……そのような真似をされたら…わたくし……ひあっ」

千登世は乱れた。

女の花園を竜之介の唇と舌で愛撫されて、身を捩り臀を蠢かしてしまう。

竜之介は、己れの下帯を取り去った。

あえて扱かずとも、股間の凶器は隆々と聳え立っている。

長さが、並の男性のそれの二倍はある。太さもだ。

黒々として、雄々しく反りかえっている。

まさに、巨根であった。

玉冠部は丸々と膨れ上がり、先端の切れ目から潤滑液が滲み出している。

竜之介は、千登世の濡れそぼった花園に、その玉冠部を押し当てた。

そして、腰を前進させる。

「んっ、ああァ………っ！」

千登世は、背中を弓なりに反らせた。

九分通り、巨根を女器に埋没させてから、竜之介は眉をひそめた。

「千登世殿、痛むか」

「痛くても宜しいのです……松浦様に抱いて貰っているのですから」

喘ぎながら、千登世は言った。

「つまりだな。そなたの軀は、浄いままであったようだ」

「何と仰せられます」

目を開いて、千登世は彼を見つめる。

「美濃屋と床入りはしたのだろうが、おそらく、老人であったがゆえに男のものの勢いが不足していたのだろう」

「……？」

「だから、そなたの純潔は守られていたのだ」

これまで、数多くの処女を相手にして来た竜之介である。破華の瞬間の感覚は、熟知していた。

美濃屋錦兵衛は勃起力が不完全で、千登世の処女膜を突破することが出来なかったのだ。

竜之介は今、千登世の内部に侵入した時、はっきりと聖なる肉扉を突き破る手応えを感じたのである。

「まあ……」

千登世の顔が、歓喜で薔薇色に輝いた。

「わたくしは、乙女のままでしたの」

「その通り、悪党に瀆されてはおらぬ」と竜之介。

「わしが今、そなたの純潔を貰って、女にしたのだ」

「嬉しい……わたくし、本当に嬉しゅうございます……」

千登世の双眸から、涙の粒が転がり落ちる。

「松浦様…いえ、竜之介様。千登世の軀を、お好きなようになさって……この身の何もかも、竜之介様に捧げまする」

「可愛いことを言う」

竜之介は、その涙の粒を吸ってから、

「では、緩やかにいたすぞ」

そう言って、腰の律動を開始した。

二十歳の肉襞を味わいながら、時間をかけて千登世を悦楽の極地へと導いてゆく。

四半刻──三十分ほどして、竜之介は放った。

灼熱の聖液を、千登世の子宮口に叩きつける。

同時に、千登世も手足を突っ張って、気を失っている。生まれて初めて、絶頂に達したのだった。

竜之介は破華の余韻に浸り、しばらくの間、千登世を抱いたまま動かなかった。

そして、ふと思い出したことがあった。

「千登世殿──」

「厭でございます」千登世は微笑して、

「他人行儀で。呼び捨てにしてくださらねば」

「では、千登世――」と竜之介。

「そなたに万寿講を紹介したという商人――実は高利貸しだったわけだが、どういう者なのだな」

「はい、薬種屋でござます」

千登世は答えた。

「慈恩堂昌玄と申す、有名な薬種屋の主人で――」

# 第四章　若殿無頼

## 一

呉服商の美濃屋は、日本橋に店を構えている。

翌日の昼間――その美濃屋に入って来たのは若竹色の着流し姿の武士、松平竜之介であった。

「いらっしゃいまし」

土間にいた手代が頭を下げると、

「主人はおるか」

居丈高に、竜之介は言った。

「俺は阿部川町に住まう浪人、松浦竜之介という。主人と大事な談合がある。美濃屋錦兵衛を、これへ出せ」

その険悪な様子に、店中がしんと静まりかえった。

帳場にいた年配の番頭が、素っ飛んで来る。

「お武家様。主人は生憎(あいにく)、他出(たしゅつ)しておりまして……お話でしたら、一番番頭のわたくしが伺いますが」

「その方(ほう)では、話にならぬ。俺の用件は、昨夜の花房(はなぶさ)のことだ」

番頭は、「あっ」と小さく叫んで、

「し、しばらく、お待ちを……」

あたふたと奥へ駆けこんで行った。

さすがに一番番頭だけあって、主人の錦兵衛が武家の女を金の力で弄(もてあそ)んでいることを、知っていたのだろう。

「……」

他の番頭や手代、丁稚(でっち)小僧たちは、顔を伏せて竜之介と目が合わないようにする。

すぐに、一番番頭は戻って来て、

「折良く、ただ今主人が戻って参りました。どうぞ、お上がりくださいまし」

「ふん、都合の良いことだな」

大刀を腰から抜いて、竜之介は草履(ぞうり)を脱いだ。

近くにいた丁稚が、さっと彼の草履を逆向きにして揃える。

「──松浦様、初めてお目にかかります。わたくしが、主人の錦兵衛でございます」

奥の客間で、錦兵衛はわずかに頭を下げて、

「花房がどうとか、何か誤解があるようで……」

「おい、美濃屋」

「はい？」

「俺は客で、これでも武士の端(はし)くれだ。その俺が下座で、商人のお前が上座とは、どういうわけだ」

左脇に大刀を置いた竜之介は、冷たい口調で言った。

「それは……」

「まあ、行儀作法のことは置いておこう──貴様、百両の借金証文を餌(えさ)にして、無垢(むく)の生娘(きむすめ)である今井千登世(ちとせ)を手籠(てごめ)にしたな」

「手籠とは人聞きが悪い。あれは取引でございますよ」

「取引ならば、六日前の夜に千登世を慰みものにして、何故、翌日に証文を今井家に届けなかった？」

「はあ……」

錦兵衛は返事に詰まった。

「その上、もう一晩だけ玩具になったら証文を渡すと言いながら、千登世が花房へ赴くと、三日ばかり泊まっていけ——と言ったそうではないか。つまり、貴様は最初から証文を渡す気がなかったわけだ」

「………」

「おい、美濃屋——千登世はな、俺の許嫁だ」

「えっ」

さすがに、錦兵衛は驚愕の表情になる。

「俺が浪人したために、婚儀は先延ばしになっていたが……十の時から夫婦約束を交わした最愛の女だ。その大事な許嫁を町人に玩具にされたとあっては、この松浦竜之介、武士の一分が立たぬ」

大刀を摑んだ竜之介は、片膝立ちになって、

「貴様、今井家の用人の田代弥右衛門に、斬れるものなら斬ってみろ——と洒落

たことを申したそうだな」

「そ、それは……」

錦兵衛は蒼(あお)ざめた。

「旗本の家来には出来ぬことも、浪人の俺には出来る」

竜之介は、大刀の鯉口(こいぐち)を切った。

「その素(そ)っ首(くび)、斬り落としてやるから、念仏でも唱えろっ」

「うひゃあああっ」

犬のように這って座敷から逃げ出した錦兵衛は、廊下から庭へ転がり落ちる。

廊下の奥に控えていたらしい一番番頭が、錦兵衛に駆け寄って、

「松浦様、お待ちを……しばらく、お待ちをっ」

そう言って、錦兵衛と小声で話し合う。

竜之介は廊下で仁王立ちになって、二人を睨みつけた。

「松浦様」

一番番頭は、竜之介の方へ向き直って、

「百両の借金証文は今、お渡し致します」

「当たり前だ――それで？」

「それで……？」

きょとんとした顔つきになる、一番番頭だ。

「千登世を潰（けが）された件は、どうする」

竜之介は大刀の鐺（こじり）で、どんっと廊下を突いた。

「は、はい……」

番頭と錦兵衛は再び、額を付き合わせて小声で相談する。それから、錦兵衛が土下座して、

「お詫びとして、二百両をお渡ししますので、何とぞ、ご勘弁を」

「千登世の操（みさお）が二百両か……」

竜之介は胸を反らせて、

「二百万両でも不足だが――まあ、受け取ってやろう」

## 二

「おい、本当に叩いて良いのだな」

御家人らしい武士が、嘲（あざけ）るように言う。

「道場で鍛えたわしの一撃をくらうと、竹刀といえども、ただでは済まぬぞ」

「この看板の通りでさあ。頭と股倉以外なら、どこでもどうぞ」

そう言ったのは、筵に胡座を掻いた若い男である。

真っ赤な下帯を締めて、黄色い袖無し羽織を引っかけただけの半裸だ。

蟹のように横幅の広い逞しい体格で、腕は丸太のようであった。

そばには、「叩かれ屋じん六　ひと叩き五十文」と書かれた看板が立っている。

そこは、金龍山浅草寺の境内の奥――観世物小屋や芝居小屋が建ち並ぶ奥山であった。

「ふん、小憎い奴め」

御家人は、鐔元に赤い布を結んだ竹刀を片手で振り上げた。

腕組みをした甚六の右肩に、思いっきり叩きつける。

しかし、甚六の軀は、揺るぎもしなかった。

周囲の見物人から、ほう……と感心の声が漏れる。

「むむ……」

御家人は頬を引きつらせて、再び竹刀を振り上げた。

「待った」

甚六は右手で制して、

「ひと叩き、五十文。やり直すなら、銭を入れてくだせえ」

「ちっ」

袂から百文を出して、御家人は、それを端が欠けた茶碗に投げ入れた。

「これで二度、叩けるな。覚悟いたせよっ」

両手で構えた竹刀を振りかぶり、御家人は、甚六の左肩へ振り下ろす。

ぴしっという音が響いたが、やはり、甚六は平然としていた。

見物人は歓声を上げる。

「すげえな、まるで石のお地蔵様だぜ」

「あんなに打たれても、眉ひとつ動かさないんだからな」

「道場で鍛えたとかの一撃も、甚六さんには叶わねえってこった」

それを聞いた御家人は、きっと振り向いて、

「今、何と言ったたっ」

喚いたが、言った奴はそっぽを向いて、知らぬふりをしている。

「む、むむ……やい、叩かれ屋。あの世に逝っても、拙者を恨むなよ」

引っこみが付かなくなった御家人は、満面に朱を注いだようになり、竹刀を振

りかぶった。

「でやあっ」

気合とともに、甚六の頭の天辺に竹刀を振り下ろす――が、それは大きな右手で阻まれた。

「お客さん――」

竹刀を握り締めて、甚六は、のっそりと立ち上がった。

「頭は駄目だと断ったはずだが、聞こえなかったかね」

「ぬ、貴様……」

竹刀から手を放して、御家人は、大刀の柄に手をかけた。

「――まあまあ、お侍様」

その時、脇から近寄ったのは、商家の女房のような身形の夜叉姫お琉である。

愛想良く笑みを浮かべて、

「相手は、たかが奥山の芸人。お刀を抜いたりしたら、御身分に差し障りましょう。お腹立ちは、ご尤もでございますが――」

さり気なく、紙包みを御家人の袂に落とした。

「寛大な御心で、ご容赦くださいまし」

「ふむ……」

袂の重みで、それが一両小判だとわかったらしい御家人は、尊大な表情になって、

「まあ、そなたに免じて、この者の無礼は許してやろう」

肩をそびやかせて、御家人は去った。

「――ふん、ド三一(サンピン)が格好つけやがって」

お琉は小声で罵(ののし)った。

三一とは、武士としては最下級の俸禄である〈三両一人扶持(ぶち)〉の略で、それにドを付けると、武士に対する最大の罵倒語になる。

「姐御(あねご)、お久しぶりで」

甚六は、ぺこりと頭を下げた。

決着がついたので、見物人たちは散っている。

お琉は、甚六の方へ向き直って、

「叩かれ屋とは、変わった商売を始めたもんだね。黒熊(くろくま)一家を飛び出したと聞いたが、本当かい」

「へい……代貸が、俺のことを大飯くらいの能なしと言うもんだから、一発ぶん

殴ったら、寝たきりになっちまって」

「ははは。お前の拳骨は、岩より固いからねえ。ところで――」

お琉は、甚六の目を覗きこんだ。

「新しく夜叉姫一味を作るために、人を集めてるんだよ。お前、あたしの手下になる気はないかえ」

「そりゃもう、願ったり叶ったりだ」

甚六は喜色満面になって、

「俺だって、五十文の叩かれ屋なんぞよりも、姐御のために命賭けで働きたい。是非、手下にしてくだせえ」

「よし、よし。じゃあ、どこかで固めの盃といこうか。まあ、それより――」

お琉は、甚六を上から下まで眺めて、

「お前、なんか着替えはないのかい。その格好で一緒に歩くのだけは、勘弁しておくれよ」

三

市ヶ谷八幡宮は、太田道灌が鎌倉の鶴岡八幡宮を勧請して建立したもので、江戸の守り神として庶民の人気を集めていた。

本社に祀られているのは、応神天皇である。

境内へ上る石段の途中、その左側にある稲荷は茶木稲荷と呼ばれていた。

浅草寺の奥山で、夜叉姫お琉が甚六を手下にした頃——石段を上ってきた老武士が、この茶木稲荷に参拝していた。

頭を垂れて何事か真剣に祈願していた老武士は、もう一度、頭を下げてから、柵の方へ行く。

西側の石段を眺めて、それから、ゆっくりと社殿の裏の方へまわった。

そこで待っていたのは、眉の薄い痩せた町人——早耳屋の寅松である。

白銀町の由造とともに、松平竜之介の片腕とも言える男であった。

「その方か、千登世様を拐かしたのは」

返事次第では抜き打ちも辞さない剣幕で、老武士は問う。

この老武士は、旗本・今井家の用人——田代弥右衛門であった。

先ほど、どこかの子供が今井家の門番に折りたたんだ手紙を渡して、「これ、御用人様にだって」と言って、さーっと駆け去った。

昨夜から千登世が帰らず屋敷の中が騒然としている時だから、門番はすぐに田代用人に手紙を渡した。

見てみると、「千登世様のことで話があるので、八幡宮の茶木稲荷の裏手まで来られたし、見張っている者がいるかも知れないから、ただの参拝のふりをするように」という内容である。署名はない。

兎にも角にも、中間一人を連れて、田代用人は市ヶ谷八幡宮にやって来た。

その中間は、石段の下に待たせている。

「御用人様、誤解しちゃいけません。あっしは、寅松と申しまして」

寅松は懐から封書を取り出して、それを差し出した。

「千登世様からの文でございます。まずは、これをご覧になって」

「むむ……」

表書きの手蹟が千登世のものであることを確かめてから、田代用人は、もどかしげに手紙を開く。緊張した顔で、それに目を通した。

その間、寅松は、さりげなく周囲に目を配る。

「何と、お嬢様に三日も茶屋に留まれと……美濃屋め、犬畜生にも劣る奴。許せんっ」

「へい。本当にひどい悪党でございますね」

「この文によると、自害しようとしたところを松浦竜之介という御仁に救われた――とあるが、その方の主人か」

まだ、半信半疑の田代用人であった。

「へい、うちの旦那は日の本一のご主人様でございます。それが証拠に――」

寅松は、袱紗に包んだものを用人に渡す。

「今日、竜之介旦那が美濃屋に乗りこんで、これを取り返してくれました」

袱紗を開くと、それは千登世名義の百両の借金証文であった。

「おおっ」

感激と安堵で、田代用人は座りこみそうになった。

「これがために、お嬢様は美濃屋ごときに……いや、ということは、そなたの主人が百両を立て替えてくれたのか」

呼び方が「その方」から「そなた」に変わったので、寅松は苦笑する。

「とんでもねえ。百両のことは、七日前の晩に帳消しになったはず……うちの旦那は、その証文を取り返すのに一文も使っちゃおりません。それどころか――ちょいと失礼します」

後ろ向きになった寅松は、懐から胴巻きを引っぱり出した。

そして、その中身を用意の風呂敷に包んで、田代用人に渡した。

「重いな。何だな、これは」

「二百両――約束を破って、証文を返さなかった詫びの金でございます。美濃屋錦兵衛は土下座して、この金を差し出したそうで」

「これを我らに……？」

用人は戸惑う。

「では、松浦殿は何の見返りも求めず、お嬢様を助けてくださったのか」

「うちの旦那は、そういう御方で」

寅松は自慢げに言った。

「二度と万寿講（まんじゆこう）のような怪しげなものに騙されぬように――との伝言でございます」

「ううむ……松浦殿に何と礼を申して良いのか」

田代用人は心底、感激したようであった。

「ですが、御用人様」と寅松。

「まだ、厄介事が片付いたわけじゃありません。顔を潰された万寿講の奴らが、どんな仕返しをしてくるかわかりません。さすがに付火までではしないでしょうが、くれぐれも、お気をつけなすって」

「な、なるほど」

「とにかく、万寿講をぶっ潰すために、うちの竜之介旦那が策を練っておりますから。安心できるようになるまで、もう少しの間、千登世様をお預かりするのでございます」

「うむ……」用人は少し考えてから、

「寅松と申したな。ひょっとして、そなたの主人は、隠し目付では？」

「おっと、御用人様」

寅松は、自分の口の前で人差し指を立てて、

「そうやって正面きって訊かれたら、あっしは返事に困ります。そこは、以心伝心ということで」

「以心伝心……なるほど、この老人が迂闊であった」

田代用人は、早のみこみして何度も頷く。

もっとも、寅松も丸っきり嘘を言ったわけではない。

松平竜之介は、将軍家から直に密命を受ける隠密剣豪なのだ。隠し目付と言われても、満更、間違いではなかろう。

「事態が進展しましたら、また、あっしが連絡を致します。まずは、万寿講から千登世様の行方について問い質されても、知らぬ存ぜぬで通してくださいまし」

「わかった。主人夫婦も、この文を見てどんなに喜ばれるか……のう、寅松。この通りだ」

実直な人柄らしい田代用人は、深々とお辞儀をする。

「御用人様。あっしのような者に、頭を下げちゃいけません」

寅松も、あわてて頭を下げる。

「今のお言葉は、必ず、竜之介様に伝えますんで――」

四

「このまんまじゃ、権造一家の名折れだ。何としても、あの武家娘を引っ捕まえて、美濃屋の旦那に献上しねえと」

「へい、その通りで」

そこは、本所にある口入れ屋〈梓屋〉の居間だ。

長火鉢の前で煙管を手にしているのが、主人の権造である。

世間では、梓屋の主人――というよりも、権造一家の親分として知られており、左腕に般若の彫物を入れているので「般若の権造」という異名がある。

つまり、口入れ屋とやくざを兼業しているわけだ。

そして、万寿講で身を売る武家の女人の見張り役でもあった。

「これで二度目だし、大人しく駕籠に乗ったんで、まさか花房の裏木戸から逃げ出すとは思いませんでした」

そう言ったは、代貸の佐之助だ。

「案内役の仙太の野郎も、ぼんやりしてたんですが……」

「仙太の怪我はどうだ」

「医者の話じゃ、頬の骨が割れてるそうで。まともに飯が喰えるようになるには、二月はかかるそうです」

「ふん……」権造は煙草を喫って、

「小石を仙太に投げつけた浪人野郎は、かなり凄腕らしいな。娘は、そいつが連れ去ったんだろうが」

「そうですね。今井の屋敷を見張っている駒次郎からは、まだ娘が戻ったという報せはありません」

「大金を積んでも、身分違いの武家方の女を抱きたい――と思う金持ちは多い。そして、町人に軀を売った武家の女は、世間に知られたらお終いだから絶対に口外しない――と買い手と売り手が揃って、慈恩堂の旦那は上手い商いを考えついたもんだが……俺も、娘が逃げ出すとは思わなかった」

「他の女たちへの見せしめのためにも、娘は必ず捕まえて、徹底的に焼きを入れねえと」

　その時、どたばたと廊下を走って来る足音がした。

「親分、代貸、大変だっ」

茂吉という三下が、居間の前の廊下に膝を突いて、

「み、美濃屋に……」

「落ち着け。美濃屋の旦那が、どうかしたのか」

「松浦竜之介って無頼浪人が乗りこんで、百両の証文を掻っ攫っていったそうで

す」

「何だとっ」

権造も佐之助も、仰天した。

「それだけじゃねえんで。千登世は俺の許嫁だ、許嫁を手籠にされて黙ってられるか——と刀で脅して、詫び金二百両を巻き上げたそうです。いやもう、とんでもねえ悪党がいたもんで」

女の膏血を搾り取っているようなやくざが、他人を悪党呼ばわりするのも、奇妙であった。

「馬鹿野郎っ」

とりあえず、権造は茂吉に雷を落とす。

「無駄はいい。その松浦竜之介というのは、どんな野郎なんだ。仙太に石を投げつけたのと、同じ奴か」

「若竹色の着流しだったそうですから、たぶん、そうだと思います。阿部川町に住んでる——と言ったそうで」

「浅草の阿部川町か……よしっ」

権造は、煙管の雁首を長火鉢の端に叩きつけて、

「佐之助。六、七人連れて、今すぐ阿部川町へ行け」

「へいっ」

「抜かりはあるめえが、二、三人が表で騒いで、浪人野郎を誘き出すんだ。その隙におめえたちが裏から踏みこんで、娘に猿轡を嚙ませて担ぎ出せ。あらかじめ、駕籠の用意を忘れるなよ」

「さすが親分、そいつはいい手だ」

「とりあえず、娘はここへ連れて来い。その上で、俺が羽織袴で美濃屋の旦那にお詫びに行く」

「わかりました」

佐之助は茂吉たちを連れて、梓屋を飛び出して行った。

「え？　松浦さんのことかい」

洗濯物を干していた老婆のお久は、眉をひそめて、

「夕べは灯がともってたけど、今朝方、出かけたようだよ。どこへ行ったものか……あの浪人さんは、時々、何日も家を開けっ放しにするんだよ。家の中に盗まれるようなものとか、ないんじゃないかね。それに、しょっちゅう、色んな女が

出入りしてて……何で暮らしを立ててるのか、わからないし、おかしな人さ。関わり合いにでもなったら、面倒だからね。近所の連中は、あの浪人さんとは付き合わないようにしてるんだよ」

それを訊いた佐之助たちは、しばらくの間、あちこちで聞きこみをしたが、やがて虚しく本所へ引き揚げたのであった。

## 五

「もしも、怪しげな奴らが阿部川町の家へ来たら――このように話すように、お久には頼んである」

千登世の淹れてくれた茶を飲みながら、松平竜之介は、そう言った。

「まあ」

千登世は顔を綻ばせた。

金竜山浅草寺の北西に、慶印寺という日蓮宗の寺がある。その慶印寺の近くの一軒家――そこに、竜之介と千登世はいた。

以前の事件の時に借りておいた、竜之介の隠れ家なのである。

てくれている。

近所の弥助とお蓑という中年の夫婦が、いつも家に風を通したり掃除などをし
竜之介が美濃屋に乗りこんだ時、自分の名前と住居を明かしておかないと、今井家に迷惑がかかる。

だが、住居を告げれば万寿講の者が押しかけて来るだろうから、竜之介は事前に、千登世をここへ移していた。

そしてお久に、竜之介について適当なことを言うように頼んでおいたのだった。

近所の者にも、お久から話をつけてある。

いつも竜之介には親切にして貰っているから、近所の者たちは喜んで協力したのだった。

「そなたの文と証文、それに詫び金は、寅松が市ヶ谷の屋敷へ届けに行っている。あとは、万寿講を営んでいる慈恩堂昌玄という者を、二度と不埒な真似が出来ぬように成敗するだけだ」

「……」

ふと不安げな顔になって、千登世は俯いた。

「どうかしたのか」

けど、その間もすっと、

「竜之介様が艶福家でいらっしゃるとお聞きして……はしたないことに、少しだけ気持ちが乱れてしまいました。お羞かしゅうございます」

「ふうむ」

今までに数多くの女人を救い、その女人たちに慕われて身も心も捧げられた竜之介であるから、艶福家なのは間違いない。

事情を知らない者には、女誑しのように見えるだろう。

だが、不幸な女人を救うことは、自分の責務だと思っている竜之介なのだ。

「竜之介様……」

千登世は、竜之介に躙り寄った。

「多くは望みません。今だけで結構ですから、千登世を可愛がってくださいまし」

そう言って、男の膝に顔を伏せる。

「ご奉仕させていただきます……」

大胆にも若竹色の小袖の裾前を開く、千登世だ。

竜之介は、彼女が奉仕しやすいように、胡座(あぐら)に姿勢を変える。

白い下帯の脇から、千登世の繊手(せんしゅ)が肉根を取り出した。

「………」

羞かしそうに頬を染めて、千登世は、まだ柔らかい男根を咥(くわ)える。

昨夜――千登世は竜之介に様々な態位で三度、抱かれた。

その時に、男のものを唇と舌と指で愛撫する方法を教えられたのである。

目を閉じて、千登世は男根をしゃぶった。

竜之介は、彼女の臀(しり)を優しく撫でてやる。

拙(つたな)いけれども、愛情をこめた口唇奉仕によって、男の象徴に血液が流れこむ。

そして、次第に容積を増していった。

「こんなに巨(おお)きいなんて……」

唾液に濡れて隆々と聳(そび)え立った肉根を眩(まぶ)しそうに見つめて、千登世は、うっとりとする。

「また、竜之介様の精をいただきとうございます」

「よかろう」

竜之介が頷くと、千登世は再び巨根を咥えた。太い茎部を両手で握って、頭を上下させる。

ぬちゅ、ぴちゃ、ぬちゅ……と男根と口内粘膜が擦れ合う濡れた音がした。

清楚な面差しの千登世に相応しからぬ、淫らな音である。

そして、欲望の堰が開かれた。

巨砲が膨れ上がり、灼熱の溶岩流が千登世の喉の奥を直撃する。

「んぅ……んん……」

白濁した液塊を、千登世は懸命に嚥下した。

何度かに分けて射出された聖液を、一滴残らず飲み干す。

さらに、巨根の内部に残留している聖液まで、赤ん坊が乳を吸うように啜りとった。

そして、大量に放ったにもかかわらず、竜之介の道具は屹立したままである。

千登世は顔を上げて、

「竜之介様……美味しゅうございました」

「うむ、よくやった」と竜之介。

「わしの膝を跨ぐがよい」

「は、はい……」

千登世は立ち上がり、裾前を開いて竜之介の膝を跨いだ。

着物と肌襦袢(はだじゅばん)の裾、下裳(したも)を捲(まく)り上げると、白い臀を剥(む)き出しにする。

そして、小水を排出する時のような姿勢で、しゃがみこんだ。

竜之介は右手で己(おの)が肉根を摑み、千登世の花園にあてがう。

濡れそぼった花園の奥へ、肉根は侵入した。

「う……」

眉を寄せながら、千登世は腰を下ろす。

長く太く硬い男根が、女体(にょたい)を真下から刺し貫いた。

女壺が、肉の凶器で髪一筋の隙間(すきま)もなく占領される。

「ああ……もう、いっぱいでございます」

竜之介の首に諸腕(もろうで)をまわして、千登世は、切なげに喘(あえ)いだ。

竜之介は、千登世の胸元を押し広げて、両の乳房を剥き出しにした。

「緩(ゆる)やかに致そう」

そう言って、竜之介は、千登世の臀の双丘(そうきゅう)を両手で鷲(わし)づかみにする。

そして、蜜柑色(みかんいろ)の乳頭を咥えて、真下から女陰を突き上げた。

対面座位で交わる千登世は、上体を揺らしながら、歔欷(きょき)の声を洩らす。

春の光が降りそそぐ庭に、その甘ったるい声が流れて出て行った。

(風流の会を隠れ蓑にして武家の妻女に軀を売らせている慈恩堂は、わしが叩き潰すが……借金証文が問題だな)

千登世を愛姦しながら、竜之介は考える。

(町方に証文が押収されたら、女たちは自害に追いこまれるだろう……それだけは防がねばならん)

緩急自在に突き上げられ、千登世は快楽の渦に呑みこまれる。

ついに、快楽曲線が頂点に達して、

「……………アァァっ！」

千登世は、声にならぬ悲鳴を上げた。

肉襞が巨根を締めつけながら痙攣し、それに合わせて、竜之介は放った。

火山の噴火のように、白濁した液塊を続け様に撃ち出す。

千登世は意識を失って、がっくりと男の肩に顔を伏せた。

しばらくの間、竜之介はその姿勢のままで、悦楽の余韻を味わう。

それから、桜紙で後始末をしながら合体を解いた。

身形を直した千登世は、羞恥で竜之介と目を合わせることは出来ない。

しかし、その顔には、幸福そうな微笑が浮かんでいる。

「茶が冷めてしまったようだ」

「はい。淹れ変えまする」

千登世が茶の支度をしていると、

「旦那、いらっしゃいますか」

玄関の方で、男の声がした。由造の下っ引、松吉の声であった。

「松吉、入ってくれ」

竜之介がそう言うと、松吉は居間へやって来た。敷居際に手を突いて、

「旦那。親分の代理で参りました」

竜之介と千登世に、等分に頭を下げる。

「それだ」と竜之介。

「昨日、尾行を頼んで以来、連絡がないので心配していたのだが……由造に何かあったのか」

「いえ、それが……」

松吉は、何とも言えぬ妙な表情になって、

「どうも、申し上げにくいんですが」

「うむ」

「親分からは、腰痛になったと言え――と命じられましたが……旦那に嘘はつけねえんで、本当のところを申し上げます」

「聞こう」

「尾籠な話で申し訳ありませんが、親分は腹を壊して寝こんでおります」

「腹を……？」

松吉の話によれば――由造は、娘兵法者・倉田朝実を尾行して、上手く住居らしきところを突きとめた。

そして、人の出入りがないかどうか、しばらく、朝実の家を見張ろうとしたのである。

そこへ、茹で卵売りが通りかかったので、由造は呼び止めた。

近くに食べ物屋がないので、長丁場になった場合に備えて、腹拵えしようと思ったのである。

幸い、その茹で卵売りが水を入れた竹筒を持っていた。その水を貰って、三個の卵を腹に収めたのだ。

そして見張りを続けたのだが――半刻ほどすると、急に腹具合がおかしくなったのである。

しばらくは我慢していたが、腹痛はひどくなるばかり。我慢の限界が来て、由造は草叢で用を足す羽目に陥った。

そして、足元も覚束なくなった由造は、這うようにして駕籠屋まで辿り着き、白銀町の家へ帰ったのだ。

すぐに松吉が近所の医者を呼んで、診て貰ったが、

「その茹で卵が、痛んでいたのだろう。え、一つではなく、三つ平らげたのか。親分も健啖家だなあ。今くらいに暖かくなると、食中りも増えるのだ。ひどい時には、命を取られることもある。薬を置いていくから、二、三日、養生しなさい。お大事に――」

そう言って、医者は帰った。

「いけねえ、竜之介様に今日の首尾を報告しねえと……」

「では、親分。俺が代わりに行ってきますよ」

枕元で、久八がそう言うと、

「馬鹿野郎、俺が行かない理由をどう言うつもりだ」

「そりゃ、親分は茹で卵で食中りに…」

「そんなみっともないこと、竜之介様に言えるか。使いの途中に買い食いした子僧じゃあるまいし」

「でも、親分が阿部川町まで出かけるのは、無理ですよ」

横から、松吉も言った。

「しょうがねえ、明日だ」

「明日？」

「俺の軀は、そんじょそこらの奴らとは出来が違う。御用聞きの筋金が入ってるんだ。こんな腹痛なんぞ、明日の朝になりゃ治ってる」

由造は断言した。

「ははあ」

「そういうもんですかねえ」

久八と松吉は、顔を見合わせるばかり。

そして——夜が明けたのだが、夜中の間、何度も後架に通った由造は、精も根も尽き果てたようになっていた。

それでも頑固に「正午までには治る」と言い張っていたのだが、正午過ぎになって、ついに降参した。

「しょうがねえ……松吉。まず、汐見橋の袂にある三州屋という蕎麦屋へ寄って、竜之介様の伝言があったら聞いてから、阿部川町にまわってくれ」

親分に言われた通りに、松吉は、三州屋で竜之介の手紙を受け取り、阿部川町の家へ行った。

ちょうど、権造一家の連中が引き揚げた直後で、お久から「おや、松吉さんかい。お前さんたちは、慶印寺の方へ来てくれ――と松浦様が仰ってたよ」と言われたのである……。

「――そうか、やくざらしき奴らが、家へ押しかけて来たのか」

千登世をこの家に移したのは正解だった――と竜之介は思う。

「代貸と呼ばれていた奴の人相を、お久婆さんから聞いたんですが……たぶん、本所の権造一家の佐之助だと思いますね」

松吉は、権造一家が〈梓屋〉という口入れ屋を表看板にしている――と説明した。

「とにかく、権造は評判の悪い奴で、金次第で悪いことなら何でもするという野郎です」

「なるほど……実はな」

竜之介は千登世を紹介して、昨夜からの経過を説明した。

「ははあ、そういうことですか」

松吉は何度も頷いて、

「この家が権造一家に知れる心配はないでしょうが……誰かが泊まりこんだ方がいいですね。後から、久八も来るはずですが」

「寅松も、そろそろ報告に来るはずだ。ところで——娘兵法者の住居は、どこだったのだな？」

「それだ」

松吉は、自分の膝をぴしゃりと叩いた。

「ご報告するのを忘れてました。下渋谷村です、金王下橋の近くだそうで」

由造が描いた簡単な地図を、松吉は差し出した。

「ふむ……周囲は武家屋敷と田畑か。これは、見張りにくい場所だな。しかし、夜になる前に行ってみた方が良いだろう」

昏くなると、倉田朝実は鬼の面を被って、辻斬りに出てしまうかも知れないのだ。

慈恩堂の万寿講も許せぬが、辻斬りを看過するわけにもいかない。

「悪いが、そなたと久八、寅松が三交代で、この家に寝泊まりしてくれ。わしは、辻斬りかも知れぬ者を野放しに出来ぬ」

「わかりました、任せてくだせえ」

竜之介は、千登世の方を向いて、

「聞いた通りだ。わしは出かけねばならぬ。この者たちは頼りになるから、心配はいらぬぞ」

「わかりました。千登世は、竜之介様のお帰りをお待ちしております」

千登世は、淑（しと）やかに頭を下げた。

# 第五章　双麗剣士

## 一

渋谷の地は、江戸城の西南にある。

昔は塩谷の里といったが、源義朝の従者であった渋谷金王丸という者がこの地に住んだので、渋谷と呼称されるようになった――という伝説がある。

その金王丸が勧請したという渋谷八幡宮は、この地の産土神で、江戸八所八幡の一つ。金王八幡とも呼ばれている。

その西南に流れる渋谷川に架かる橋は、金王下橋という名だ。

松平竜之介は、筑前福岡藩下屋敷の近くで、駕籠を下りた。

そして、下屋敷に隣接する渋谷八幡宮の前を通り過ぎ、金王下橋を渡る。

この辺りは中渋谷村だが、土地の者は〈並木前〉と呼ぶ。

すでに、陽は西に沈みかけていた。

倉田朝実の住居は、竹林を背にした小さな百姓家であった。

左右と正面は雑木林で、通りから分かれた小径が、その家へ延びている。

家の中には灯がともっているから、朝実は在宅しているのだろう。

竜之介は、左側の雑木林に入る。家の入り口と勝手口が見える場所で、しばらく様子を見るつもりだ。

薄暗い雑木林の中を進むと、身を隠すのに都合の良さそうな繁みがあった。朝実の家からは、十間ほど離れている。

その時、

「む？」

竜之介は、二間ほど離れたところから、人影が立ち上がるのを見た。

そいつは武士で、襷掛けして弓を手にしている。矢籠を背負っていた。

矢を右手に持って、家の様子を窺っている。

そちらに注意を集中しているので、弓の武士は、斜め後ろの竜之介には気がつかないらしい。

竜之介は蹲って、気配を殺した。

ややあって――勝手口の戸が開いた。

左腰に脇差を差した朝実が、出て来る。井戸で水を汲むつもりらしい。

弓の武士は矢を番えて、朝実に狙いを定める。

そして、きりきりと弓を引き絞った瞬間、

「卑怯千万っ！」

立ち上がりながら、竜之介は一喝した。

驚嘆した武士の手から、矢が離れた。手元が狂ったので、その矢は家の庇に突き刺さる。

朝実は、さっと井戸の後ろに隠れた。

「な、何者だっ」

振り向いた武士は、第二の矢を手にした。

だが、それを番えぬうちに、一気に間合を詰めた竜之介の抜き打ちを左肩に浴びて、

「うわあっ」

その武士は、臀餅をついてしまう。峰打ちだが、鎖骨が折れているから、これで左腕は使えない。

「何者とは、こちらの言うことだ」竜之介。

「戦場ならいざ知らず、泰平の世に、隠れて矢を射かけるのは卑怯以外の何ものでもない。理由を聞かせて貰おうか」

そう言って、右肩にも大刀の峰を振り下ろそうとした時、弦音が響き渡った。

小径を挟んだ向こう側の雑木林から、矢が飛来する。

竜之介は、それを斬り落とした。

が、すぐに、第二の矢が飛来する。

竜之介はそれをかわして、近くの木の蔭に隠れた。

すると、臀餅をついていた武士が、必死で逃げ出す。感心なことに、弓を右手で持っていくのを忘れなかった。

竜之介は、その後ろ姿を見送ってから、

(射手は、二箇所に分かれていたのか……)

家の右前と左前に位置して、どちら側に朝実が身を隠しても、仕留められるように──と考えたのだろう。

(ひょっとして、三番手もどこかに……気配はないようだが)

しばらく様子を見たが、反対側の雑木林の敵は、襲撃が失敗したので撤退したようであった。

竜之介は大刀を鞘に納めて、雑木林から家の方へ出る。

「朝実殿――敵は去ったようだ」

「また、そなたか……」

用心深く、朝実は、井戸の蔭から立ち上がった。

「何故に、私を付けまわすのか」

「その前に訊きたいのだが、弓矢を射かけられる覚えは？」

朝実は、庇に刺さった矢を抜き取りながら、

「どうせ、昨日と同じく、道場破りされた奴らの仕返しだろう。武士の風上にも置けぬ腐った奴らだ」

吐き捨てるように言った。

「では、今一つ尋ねたい」と竜之介。

「一昨日の深夜、朝実殿はどこにおられた」

「なに、一昨日の夜だと……」

朝実は怪訝な面持ちになり、

「家に居たぞ。夕餉の後に、図絵を見ながら明日はどこをまわるか、考えていた

のだ。それが、どうかしたのか」

「左様か……では、説明しよう」

　竜之介は朝実を見つめて、

「実は、一昨日の夜、わしは辻斬りの凶行を目撃してな。斬られたのは剣術の道場主だ」

「……」

「辻斬りは鬼の面を被り、振袖に袴の小姓姿であった。こう下段に構えて――」

　右手の人差し指を刀に見立てて、竜之介は説明する。

「月が雲に隠れた一瞬、相手を真っ向唐竹割りに倒していた」

「………」

　朝実の顔が強ばった。

「で、その者の背格好や所作が朝実殿にそっくりなので、気になったのだ」

「その辻斬りを、どこで見たのだっ」

　朝実は竜之介の腕を摑んで、噛みつくように言った。

「そなた、心当たりがあるのか」

「妹……」

取り乱した様子で、朝実は言う。

「それは、私の妹かも知れぬのだっ」

## 二

「おや、代貸じゃありませんか」

早耳屋のえて吉こと干支吉は、両国橋の真ん中の辺りで、権造一家の佐之助を呼び止めた。

すでに夕闇が大川の川面に流れこみ、提灯や行灯をともした舟が行き交っている。

橋の上も、西へ東へと行き交う人々で賑やかだった。

「早耳屋か……」

佐之助は鬱陶しそうに、干支吉を見る。

「どうしました、浮かない顔で。また、女出入りですかえ。代貸は男前だからなあ、あっしも肖りてえもんだ」

夜叉姫お琉に頼まれて、盗人として使える奴らを探している干支吉だった。

だが、こうやって知った顔に会う度に、無駄話をして小まめに顔繋ぎしておくのが、早耳屋稼業の原則である。

どこでどうやって、耳寄りな情報が集まるか、わからないからだ。

「そんなんじゃねえよ」

男前と言われて悪い気はしなかったらしく、佐之助は苦笑した。

「権造一家は近ごろ、大層羽振り（はぶ）がいいと聞きましたよ。あっしも、お零（こぼ）れに預かりたいもんで」

「冗談じゃねえ。羽振りがいいどころか、仙太（せんた）の怪我でひでえ物入りだ」

「おや、仙太兄ィが怪我したんですか。ひょっとしたら、岡場所の妓（おんな）に不義理をして、剃刀（かみそり）でも振りまわされたとか？」

「いや……」

佐之助は、口が滑ったという顔つきになって、

「俺はちょっと、急ぎの用がある。またな」

足早に、東両国の方へ歩き去った。

「妙だな……」

千支吉は欄干（らんかん）にもたれかかって、佐之助の背中を見つめる。

「仙太の怪我のことで、しまった――みたいな顔しやがった。何かあるな……そういや、奴さんの躯から薬のにおいがしてた。仙太は、医者のところへ預けてあるのか」

西両国広小路の方を見た干支吉は、

「本郷とか小日向とか、遠くの医者じゃねえ。この近くで、やくざやごろつきの手当をして町方にも喋らねえ口の固い医者というと……よし。無駄で元々だ、一丁、当たってみるか」

三

「私の家――倉田家は信州佐久郡の郷士で、浅間山の南の麓に屋敷を構えております」

松平竜之介と倉田朝実がいるのは――麻布宮下町の料理茶屋〈弥勒〉の座敷である。

竜之介は「先ほどの弓矢の者どもが、仲間を引き連れて戻って来るかも知れぬ。すぐに、この家を離れるのだ」と朝実を説得して、麻布までやって来たのだ。

周囲に人家もなく雑木林に囲まれた百姓家ならいざ知らず、町中の料理茶屋では、刺客がいきなり朝実を襲うのは難しい。

すでに、料理屋の庭には夜の帳が下りて、どこかから三味線の音が聞こえていた。

「十八年前、その倉田家に生まれた双子の姉妹が、私と夕紀です」

「なるほど。姉が朝実で妹が夕紀、朝と夕か――そなたたちの親御は、美しい名前をつけられたたな」

竜之介がそう言うと、朝実は、少し含羞んだような表情になった。

朝日稲荷脇の空地で竜之介に助けられた時から、海胆のように刺々しい態度であった朝実である。

だが、辻斬りの件を聞いてから竜之介に対する印象が変わったらしく、この座敷に落ち着いてからは、朝実は言葉遣いも丁寧になっていた。

「私たちの祖父の小左衛門は、若い頃に一刀流を学んで新たに倉田流を開いた人で、私たち姉妹にも幼い頃から剣術の手解きをしてくれました。お前たちは父親より筋が良い――と言われまして」

「ほほう……」

祖父の前で、幼い姉妹が木剣か竹刀を懸命に振っている姿を想像して、竜之介は笑みを浮かべた。

「そんな平和な暮らしを――私たちは、四年前に奪われたのです」

朝実は厳しい表情になる。

四年前――下男を連れて親戚の家へ届け物に行った母親が、その帰りに、道端で高熱に苦しんでいる浪人者を見つけたのである。

母親は、下男に背負わせて浪人者を屋敷へ運びこみ、看病してやった。

十日ほどして風邪から回復した浪人者――坂巻平三郎は、丁寧に礼を述べて、自分は廻国修業中の兵法者であると告げた。

祖父とは剣術の話で意気投合し、快気祝いは和やかに終了して、それぞれは眠りについた。

が――深夜、坂巻浪人は父親と母親を殺害し、それに気づいて立ち向かった祖父と下男にも重傷を負わせて、逃亡したのだ。

夫婦の枕元の手文庫から、六十両ほどの金を奪ってのことである。

代官所に訴え出たものの、坂巻平三郎の行方は杳として知れなかった……。

「恩を仇で返すとは……外道だな、その坂巻と申す者は」

竜之介は憤慨する。

「私たち姉妹は、仇討ちを誓いました。そして、傷が癒えたお祖父様から、改めて倉田流剣術を仕込まれたのです」

その修業は苛酷という他なく、下男や女中が「お嬢様方が死んでしまいます」と泣いて止めに入るほどであった。

しかし、並の武士でも逃げ出すような修業に、十四歳の姉妹は耐えた。

父母の仇敵を討つ――その執念が、肉体の限界を超える修業に打ち勝ったのであろう。

そして昨年の六月、「今の二人なら、力を合わせれば坂巻平三郎を討てる」と祖父が太鼓判を押して、仇討ちの旅に出ることを許したのだった。

二人は若衆髷に袴姿という男装で、旅に出た。

「坂巻平三郎の言葉を信じるのならば、旅をしながら各地の道場で腕を磨いている――ということでした。なので、我ら二人は、街道のあちこちの道場を訪れて、坂巻のことを尋ねまわったのです」

しかし、なかなか坂巻の情報は得られなかった。

そして、昨年の八月のこと――小仏峠の近くに隠棲している剣客がいると聞いて、倉田姉妹は獣道（けものみち）に分け入った。

ところが、妹の夕紀が草に足を滑らせて、崖から落ちてしまったのである。

「すぐに私は、崖下に下りてみました。ですが、妹の姿はどこにもなかったのです」

すぐにと言っても、足場を探し探しして大きく迂回して崖の下へ下りたのだから、半刻（はんとき）ほどが経（た）っている。

果たして、熊にでも掠（さら）われたものか……。

「幸い夕紀殿は怪我が軽く、そなたを探して崖の上を目指し、二人は崖の上と下で擦れ違いになったのかも知れぬ」

竜之介の慰めの言葉に、

「有り難うございます」

朝実は頭を下げて、礼を言った。

「私もそう思って、年の暮れまで小仏峠の村に滞在し、夕紀の消息を尋ねました。しかし……それらしい遺体を見つけたという話も聞けなかったのです。もしも、不運にして命を落としたものなら、姉として弔（とむら）ってやりたかったのですが」

ちなみに、隠棲していたという老剣客は、朝実たちが来る二ヶ月前に病没していたという……。

「そして、年が明けて江戸へ出て来た――」

「はい」朝実は頷く。

「坂巻平三郎は、江戸のどこかの道場で食客(しょっかく)になっているのではないか――と思い立ったのです」

「それで、江戸で道場破りを続けていたのだな」

「そうなのですが……最初は、そのような気持ちではなかったのです」

朝実は江戸中の剣術道場を訪ねて、坂巻浪人を探すつもりであった。

しかし、美しい娘が男装で二刀を手挟(たばさ)んでいる姿を見て、好奇の目で見たり無礼なことを言う門弟たちも少なくなかった。

「私も、妹を失って気持ちが荒れていたのでしょう。段々、相手の無礼な態度が我慢できくなり……ある道場で、一手(いって)ご教授を――と言って立合を申しこんだのです」

結果は、呆気(あっけ)なかった。

大柄な門弟が、朝実に小手(こて)を打たれて臀餅をつき、幼児のように泣き叫んだのである。

「江戸の剣術者といっても、この程度か——と私は慢心致しました。それで、次から次へと道場破りを繰り返すようになったのです」

「いや、わしの目から見ても、そなたの技量は大したものだ」

竜之介は言う。

「生まれつきの剣才もあろうが、祖父殿の教えが、よほど的確だったのだろう」

「そのように言われますと、嬉しゅうございます——で、松浦様」

「うむ、辻斬りのことだな」

竜之介は、一昨日のことを詳しく話して聞かせた。

「その辻斬り小姓は、諸肌を脱いで胸を曝していた……」

朝実は考えこんだ。

「やはり、その小姓は、夕紀かも知れませぬ」

「どうして、そう思うのだな」

「小姓が、その道場主を真っ向唐竹割りにした業は——倉田流円心の太刀だと思われるのです」

「円心の太刀……」

「お見せ致しましょう」

朝実は立ちがって、脇差を抜いた。

「屋内なので脇差でお見せしますが、本来は、大刀を使います」

その脇差を下段にとって、

「相手が斬りかかって来たところで、左足を踏み出しながら、手首を返して――」

朝実は、下段の脇差を軀の右側で大きく円を描くように回した。

そして、架空の相手の頭に脇差を振り下ろす。

「これが、円心の太刀でございます」

「なるほど」と竜之介。

「生憎、月が雲に隠れたので、わしは、体側で剣を回すところが見れなかったのだな」

「そのように思われます」

脇差を下段に戻して、朝実は頷いた。

「柳生新陰流の輪の太刀に似ているが、下段からの変化というのが独特だな」

「はい。こうして、円を描くことによって刀に勢いがつき、斬撃の威力が増すわけです」

剣を後ろに引いて回すことによって、相手が剣を見失って戸惑う――という効果もあるのだった。

「で、諸肌を脱ぐ意味は何だろう」

「それですが――御免」

朝実は、さっと袖から腕を抜いた。諸肌脱ぎだが、胸に白い晒し布を巻いているので、乳房は露出していない。

「このように下段に構えて、右側で回そうとすると、袖が邪魔になります。振袖なら、なおさらです」

「なるほど」

「ですから、諸肌脱ぎになった方が、剣が回しやすくなり、それだけ相手の先(せん)を取れるわけです」

脇差を納刀して、朝実は言った。身繕(みづくろ)いをして、

「夕紀は、私と同じように胸に晒しを巻いておりました。ですが、辻斬りの小姓は晒しを巻いていない……それ以外は、夕紀であるように思われますが」

「仮に、そなたの妹の夕紀殿が男装小姓だったとしよう――どうして、辻斬りを繰り返すのだろうか」

「わかりません……崖から落ちた時の打ちどころが悪くて、そのような残忍な気

性になってしまったのでしょうか」

　朝実は顔を伏せて、声を落とした。

「せっかく、死んだはずの妹が生きていたと喜ぶべきなのに……血に飢えた辻斬りとは」

「本人は、仇討ちのために剣の腕を磨いているのかも知れぬ」

「でも、松浦様は、商人(あきんど)を三人も斬っている――と。腕を磨くためなら、丸腰の町人を斬る意味はありません」

「そうだ。先ほど、わしはそう言ったのだったな」

　竜之介は苦笑した。

「いえ……私を慰めてくださるお気持ちが、嬉しゅうございます」

　朝実は、お辞儀をする。

「双子で、そっくりの顔形の姉妹……鬼の面さえなければ、そなたの妹かどうか、わかったのだがなあ」

「いえ、まだ確かめる手がございます」

「何だな？」

　朝実は、頬を赤く染めて、

「私と妹は顔も軀も、何かもそっくり……胸乳（むなぢ）もです」

## 四

後ろ向きに座って諸肌（もろはだ）脱ぎになった朝実は、胸に巻いていた白い晒し布を解いた。

それを畳んで脇に置くと、両腕で胸を隠して、ゆっくりと松平竜之介の方へ向き直る。

「では——ご覧になって、くださいまし」

朝実は、両腕を脇に下ろした。

「うむ……」

竜之介は些（いささ）かの邪心もなく、剝（む）き出しになった朝実の乳房を、じっと見つめる。

朝実は羞恥（しゅうち）のあまり、顔を背（そむ）けていた。

小さいが形の良い白い乳房である。乙女らしく乳頭は朱色で、乳輪はひどく小さい。

「横を、右を向いてくれるか」

「はい……」

朝実は横向きになった。

「なるほど――」

立ち上がった竜之介は、朝実の背後から小袖と肌襦袢(はだじゅばん)を肩にかけてやり、

「わかったぞ、朝実殿」

「松浦様、わかった――とは？」

朝実は両腕で胸を隠して、竜之介の顔を見つめる。

「あの鬼面の小姓は、妹の夕紀殿だろう。乳房の形も色合いも、朝実殿のそれにそっくりじゃ」

「乳房の形も色合いも……ああっ」

急に羞(はず)かしさがこみ上げて来たらしく、朝実は、竜之介の胸に顔を埋めてしまう。

「私……殿方に肌を見せたのは、初めてでございます……」

「うむ。すまぬことをしたな」

「いえ……あの……」

朝実は、言葉に迷いながら、

「松浦様に見ていただいて、なぜか、嬉しいような……」

そして、顔を上げると、切なそうな瞳で竜之介を見つめた。竜之介も、じっと見返す。

「朝実殿――」

「朝実と呼んでくださいまし」

そう言って、朝実は目を閉じた。

凛々(りり)しく見えた顔立ちが、今は、恋する女のそれになっている。

竜之介は黙って、その唇を吸ってやった。

そして、右手で柔らかく左の乳房を掴む。

「あァ……」

朝実の軀(からだ)から力が抜けた。

もたれかかって来た朝実の軀を、竜之介は、畳に横たえる。

そして、彼女の上半身に覆いかぶさった。

右手で、朝実の袴の帯を解いて、脱がせる。

両の乳房を唇と舌で愛撫しながら、小袖と肌襦袢も脱がせた。

朝実は、白い女下帯を締めている。

幅の狭い女下帯の両側から、恥毛は、はみ出していない。

竜之介の指が、下帯の上から亀裂を撫で上げる。

「はァ…ああ……」

自慰すら経験のない朝実は、生まれて初めて男に亀裂を撫で上げられて、切なげに喘いだ。

撫で上げた時に、布の下に恥毛の感触はなかった。つまり、無毛なのである。

竜之介が穏やかな愛撫を繰り返していると、女性器の奥底から愛汁が分泌された。

愛汁に濡れた布に、くっきりと処女の亀裂の姿が浮かび上がる。

竜之介は、朝実の女下帯を解いて取り去った。

無毛の朱鷺色の亀裂が、剝き出しになる。

「ああ……」

自分の局部を見られていると知って、朝実は両手で顔を覆った。

竜之介は、その亀裂を二指で開く。亀裂の内側に、小さな一対の花弁が隠れていた。

その花弁は、愛汁で濡れている。

竜之介は、その花弁を舌先で舐めた。

「あひっ」

びくんっ、と朝実は軀を震わせる。

花弁を舐められた快感が、あまりにも強かったのだろう。

「ま、松浦様……」

「竜之介でよい」

「竜之介様……そのようなところを…な…舐められては、朝実は死ぬほど羞かしゅうございます」

男女の交わりについては、朝実は知識が少ないらしい。

「惚れ合った男女は、このようにするものなのだ」

「まあ……では、出来るだけ耐えまする」

惚れ合った男女——という言葉が、羞恥心よりも強く朝実を魅了したのだろう。

「耐えるのではなく、力を抜いて、ただ感じればよい」

そう言って、竜之介は、十八歳の処女地に接吻をする。

そして、舌先で亀裂の内部をまさぐった。

「あ…ああっ、あ……」

女性器への口唇愛撫によって、朝実は悶える。

両腕をきつく組み、手で二の腕をつかんで、自分を制御しようとするが、押し寄せる快楽の波の前には無力であった。

その間に竜之介は、己れも着物を脱ぎ捨てていた。最後に残った下帯も、取り去る。

股間の道具は、昼間の二度の吐精がなかったかのように、猛々しく脈打っていた。

まさに、肉の凶器であった。

竜之介は、丸々と膨れ上がった玉冠部を、濡れそぼった美しい亀裂に押し当てる。

そして、何度も亀裂に擦りつけて、愛汁を塗した。

「駄目、もう駄目……いけませんっ」

女性器を男性器で愛撫されるという快感に、朝実は、意味不明の叫びを洩らした。

竜之介は上体をずり上げて、腰の位置を調整する。

そして、一気に花園を貫いた。

「あ……ァァっ！」

朝実は仰けぞった。

その時には、純潔の肉扉を引き裂いた長大な男根は、花孔の内部に侵入して奥の院にまで達している。

破華の儀式を終えて、竜之介は腰の動きを止めた。

素晴らしい肉襞の締め具合である。

「朝実……もっとも辛いことは済んだぞ」

そう囁きかけると、朝実は、そっと目を開いて、

「私……竜之介様のものになったのでしょうか」

「そうだ。朝実は、わしのものだ」

「嬉しい……」

朝実は、竜之介の首に抱きついて、

「痛みなど何でもありません……もっと痛くてもいい……朝実を、存分に可愛がってくださいまし」

女になったばかりの朝実の健気な言葉に、

「よしよし」

竜之介は、腰の律動を開始した。

黒々とした巨砲を後退させて、前進させる。

その抽送運動によって、新たな快感の甘い波動が朝実の軀に広がってゆく。

「これが……こんなことが……ああっ」

快楽を貪（むさぼ）るように、思わず、自分でも臀（しり）を蠢（うごめ）かしてしまう朝実なのだ。

鍛え抜かれた肢体は、その括約筋の締めつけもまた、抜群である。

竜之介は、娘兵法者（むすめひょうほうしゃ）の新鮮な肉体を味わいながら、

(何とかして、この娘の仇討（あだう）ちを助けてやらねば……)

そう考えるのであった。

## 五

その男は兜巾（ときん）を付け、白衣（びゃくえ）に結袈裟（ゆいげさ）を着て鈴懸（すずかけ）に梵天（ぼんてん）を下げ、括袴（くくりばかま）を付けている。

白い手甲（てっこう）に脚絆（きゃはん）を付け、念珠を手にしていた。

板の間に正座して、脇には錫杖を置いている。

修験者の装束をしたこの男は——慈恩堂の主人・昌玄であった。

ここは——豊島郡雑司ヶ谷村、慈恩堂の寮である。

江戸の町奉行所の管轄は、この雑司ヶ谷村まで、この先の池袋村は関東郡代の管轄であった。

燭台の太い蠟燭の明かりに照らされて、昌玄の向かい側には、一人の娘が座っていた。

身につけている物は、鬼の面だけ。全裸である。

「——鬼夜」

昌玄が口を開いた。

「はい、お父様」

鬼夜と呼ばれた娘が答える。

「立ってみなさい」

「はい」

鬼夜は、すっと立ち上がった。無駄のない動きである。

鍛え抜いた肉体で、全身が羚羊のように引き締まっているが、同時に、年頃の娘らしい優美さも兼ね備えている。

両腕を脇に垂らしているので、乳房も下腹部も、昌玄に丸見えであった。

乳輪が小さく、乳頭は朱色をしている。恥毛はなく、亀裂は朱鷺色をしていた。

この娘には、羞恥心が欠如しているようである。

「横を向いて」

「……………」

無言で、鬼夜は右側を向く。

胸は小さいが、形が良い。臀は、半球状に盛り上がっていた。

「うしろを向くのだ」

その言葉に、鬼夜は従った。昌玄に、背中を向ける。

丸く盛り上がった臀の割れ目が、深い。

しばらくの間、昌玄は、じっと鬼夜の裸体を見つめていたが、

「――――」

小さく溜息をついて、肩を落とした。

「よろしい。日々の修業を怠らず、鍛えているようだな――こちらを向いて、座るがいい」

「はい、お父様」

鬼夜は向き直って、正座した。

「さて——今日のことだが、美濃屋錦兵衛が店に怒鳴りこんで来た。今井千登世の許嫁とかいう無頼浪人に脅かされて、百両の借金証文と二百両の詫び金を奪われたのだという」

「……」

「元より、一夜の代償に証文を千登世に返さず、二度目の呼び出しをした美濃屋に落ち度があるのだが……商いは信用が大事だから、わしは、迷惑料も含めて四百両を美濃屋に渡した。あの好色老人は、それで納得して帰ったが——万寿講の元締として、このままには捨て置けぬ」

「その無頼浪人を、斬ればよろしいのですね」

抑揚のない声で、鬼夜が言った。

「うむ……そなたの乳房斬りに勝てる剣術者はおるまい。明日、下見をして、夜のうちに始末するのだ」

「その無頼浪人の名は」

「浅草阿部川町に住む、松浦竜之介」

「松浦竜之介――承知致しました」

　鬼夜は頭を下げる。

「では、大事の前に、わしが山霊の気を入れてやろう」

「有り難うございます」

　鬼夜は鬼の面を外して、脇に置いた。

　昌玄は錫杖を取り上げ、じゃらんと鐶を鳴らして、先端を鬼夜に向けた。

「わしの眼を見ろ――瞬きせずに、わしの眼をじっと見つめるのだ」

　そう言いながら、昌玄の大きな眼が開かれて、炯々たる光を帯びる。

「六根清浄、六根清浄、六根清浄……」

　昌玄は低い声で唱えてから、

「喝っ」

　裂帛の気合で、鬼夜を一喝した。

「う……」

　鬼夜は目を閉じて、横様に倒れる。

　両膝が開いたので、下腹部の亀裂が口を開き、その内部の小さな花弁が覗いた。

「ふう」

大きく息をついて、昌玄は額の汗を拭う。

「これでよし……憂いは消えたわ」

# 第六章　牝獣(めじゅう)の淫戯(いんぎ)

## 一

　松平竜之介(たつのすけ)と倉田朝実(あさみ)はいた。

　翌日の正午(ひる)前——浅草阿部川町の家に、
　昨日の夜、料理茶屋で朝実は竜之介に処女を捧げた。

　それから駕籠(かご)に乗って、竜之介は、朝実をこの家へ連れ帰った。

　そして、ゆっくりと時間をかけて、二度、交わったのである。

　破華(はか)したばかりであるが、朝実は目くるめくような女悦(にょえつ)を知り、ひどく乱れた。


　表で、喚(わめ)き散らしている奴らがいる。

「さっさと出て来やがれっ」

「権造(ごんぞう)一家が、挨拶にお出ましだぜっ」

「やいやい、ド三一(サンピン)っ」

そのために、二人とも寝坊してしまい、先ほど、お久が作ってくれた朝昼兼用の食事を摂ったのである。

そして、竜之介たちが食後の茶を喫していると、不粋な喚き声が聞こえて来たのだった。

「様子を見てくる」

大刀を手にして、竜之介は立ち上がった。

「そなたは、ここにいるように」

「はい」

朝実は、素直に頭を下げた。女の本当の幸せを知った朝実は、所作も表情も柔らかになっている。


「――何事だ、騒々しい」

竜之介が玄関から出ると、往来で三人のやくざが凄んでいた。

「出て来やがったな、女誑しめ」

そう叫んだのは、茂吉である。

竜之介は、昨日、下っ引の松吉から権造一家の名を聞いたことを思いだした。

「そうか……本所に巣くう毒虫どもとは、その方たちのことか」

竜之介は、大刀を左腰に落とす。そして、玄関の脇に立てかけてあった六尺棒を、手にした。

「毒虫と抜かしやがったな……構うことはねえ。二度と権造一家に逆らえないように、あの世に送ってやれっ」

粂太郎という三下が、長脇差を抜いた。

「よし、やっちまえ」

そう言って、勘助という奴も長脇差を引っこ抜く。茂吉も、匕首を抜いた。

何事かと遠巻きにしていた野次馬たちは、巻き添えを喰わないように、あわてて後退りする。

「さあ、謝るなら今のうちだ。大小捨てて土下座したら、許してやらないこともねえぜ」

匕首の柄頭に左手を添えて腹の辺りで構えて、茂吉は腰を落とす。それなりに、荒事には慣れているのだろう。

「言いたいことは、それで終わりか」

竜之介は、面倒そうに言った。

「近所迷惑だから、三人一緒にかかって来るがいい」

「舐めるなっ」

茂吉が猪(いのしし)のように、突きかかって来た。

竜之介は六尺棒の先端で、茂吉の額を鋭く突く。

「ひげっ」

匕首を放り出して、茂吉の軀(からだ)は一間(いっけん)ほど後方へ吹っ飛んだ。

「野郎っ」

粂太郎が長脇差を振り上げて、竜之介に斬りかかる。

竜之介は、六尺棒を横に振って、粂太郎の左脇腹を打った。

「ぎゃっ」

衝撃で腹の中で内臓が踊り狂い、粂太郎は倒れる。

火で炙(あぶ)られた芋虫のように、地面をのたうちまわった。

「ち、畜生(ちくしょう)……」

二人の仲間があっと言う間に倒されて、勘助は焦(あせ)った。

しかし、一家の名乗りを上げた以上、周囲の野次馬の目があるので、逃げ出すことも出来ない。

「くたばれぇぇぇっ」

喚きながら、両腕で長脇差を突き出して、竜之介に向かって突進した。呆れたことに、目を固く閉じている。

竜之介は、伸びきった両腕に六尺棒を振り下ろす。

「ぐわっ」

両腕の骨を折られて、勘助は倒れこんだ。

「腕……俺の腕が……」

あまりの激痛に、わんわんと泣き出す勘助であった。

権造一家の三人は口ほどにもなく、六尺棒一本に叩きのめされたのである。

「見ろよ、あの姿を」

「あれが、兄ィとか言われて肩で風切って歩いてる奴らの正体だぜ」

やくざ者の不様な姿を見て、野次馬たちは歓声を上げた。

その時、家の奥から刃を打ち合う音がした。

「むっ」

竜之介は六尺棒を捨てると、身を翻して家へ飛びこむ。

表で立ち廻りが始まる少し前――朝実は、庭に何者かの気配を感じた。

「――」

表情を引き締めた朝実は、大刀を手にして立ち上がる。

廊下へ出ると、枝折り戸から五人の男たちが忍びこんで来るところであった。

先頭にいるのは、権造一家の代貸・佐之助である。

「――お前たちは何者だ」

腰に大刀を落としながら、朝実が誰何すると、

「あ、千登世じゃねえ……」

佐之助は驚いた。

阿部川町の家に竜之介が戻っているようだという報せを受けて、彼らは、千登世を掠うためにやって来たのだ。

親分の権造が立てた策の通りに、表で茂吉たち三人が騒いで竜之介を誘き出し、その隙に裏から忍びこんだ佐之助たちが、有無を言わせず千登世を担ぎ出すはずであった。

ところが、そこにいたのは全く別の男装の娘兵法者だったのである。

「ええい、こうなったら、てめえを掠っていくまでだっ」

何が何だかわからないが、佐之助は長脇差を抜いた。

二度も失敗して成果無しでは、権造に会わせる顔がないのである。

が、朝実は風のように庭へ降り立ち、大刀を抜いて長脇差を払い上げた。

そして、佐之助の頭を大刀の峰で一撃する。

「がっ」

白目を剝いた佐之助が膝から地面に崩れ落ちるよりも早く、朝実は、二人の男の肩を峰打ちにしている。

「ぎゃっ」

「わっ」

鎖骨と肩甲骨を砕かれて、その二人は臀餅をついた。

「さあ、どうする――」

朝実は、残った二人を睨みつける。

「ひ、ひぇ……」

二人は、佐之助たち三人を助けて、あわてて逃げ出した。

千登世を乗せるために枝折り戸の外に用意していた駕籠に、気絶している佐之助を乗せて、遁走する。

それを見送ってから、朝実は大刀を鞘に納めた。

「――それで宜しい」

背後で竜之介の声がしたので、朝実は急いで振り向いた。

「勝手な真似を致しまして」

軽く頭を下げる朝実に、

「斬るほどの相手ではないからな――いや、そのまま」

竜之介も庭へ下りた。

「昨夜、倉田流円心の太刀を見せて貰ったが……今度は、わしが泰山流の相斬刀をお見せしよう」

「相斬刀……？」

「まず、抜き合わせる――」

竜之介はすらりと大刀を抜いて、正眼に構えた。

「……………」

朝実も静かに大刀を抜いて、正眼にとった。

瞬時に、女の顔から剣術者の表情に変わっている。

「そして、上段にとる」

「はい——」

両者とも、上段の構えになった。

「そのまま、わしを真っ向唐竹割りにするつもりで、振り下ろすのだ」

「え……は、はいっ」

躊躇いながら、朝実は踏みこんで、大刀を振り下ろした。

その時、竜之介もまた、大刀を振り下ろしている。

「あっ」

朝実は驚愕した。

鋭い金属音とともに、自分の刀が右へ逸れて、竜之介の刃が頭上一寸のところで停止したからだ。

「わかるか——そなたと同じ軌道で刀を振り下ろし、刃の側面で弾き飛ばしたのだ。これが、相斬刀だ」

かつて、人斬り屋の阪東郷三郎とこの相斬刀で死闘を展開した竜之介であった。

「今のは、わしへの遠慮があったな。朝実、今度は本気で撃ちかかるのだ」

「はいっ」

朝実は後退すると、大刀を正眼に構え直した。竜之介も正眼にとっている。

相正眼（あい）のまま、ややあって——気力を溜めた朝実が、

「ええいっ」

猛然と撃ちこんだ。風を巻いて、竜之介の頭頂部に大刀を振り下ろす。

次の瞬間、耳を劈（つんざ）く金属音とともに、朝実の剣は右側へ弾かれた。

そして、さっきと同じく、朝実の頭上で、竜之介の剣がぴたりと止まる。

「よし——その呼吸だ」

竜之介は、刀を引いた。

「全く同じ軌道で振り下ろした刀の一方は弾かれて外へ逸れ、一方は相手の頭上に落ちる——この違いがどこから来るか、わかるかな」

「剣の粘り……でしょうか」

「そうだ」

頷いて、竜之介は納刀する。

「相撲取りのぶつかり合いのようなもので、腰が据わっていない方が突き飛ばされる。剣もまた、粘りに欠ける方が弾かれる。言うまでもないが、その粘りとは腕力ではなく、刃筋の正しさと軀全体の使い方から来るものだ」

「わかります」

朝実は大刀を左手に持ち替えて、背後にまわし、

「ご教授、有り難うございました」

深々と頭を下げる。

その時、玄関の方から、

「――ごめん下さい、酒屋でございます」

聞き覚えのある声がした。

二

「いや、どうも……見張られている時の用心に、こんな物を持って来たんですが」

寅松（とらまつ）は苦笑して、丸に富士と染め抜いた前掛けの端を摘まんで見せた。

酒屋の掛け取りに化けて、家へ入った寅松なのである。

前にも、機転を利かせて掛け取りに化けたことのある寅松だった。

「いや、その用心は大切だ。わしらの気づかぬ見張りが、いるかも知れんからな」

松平竜之介は、そう言って茶を飲む。

寅松も、朝実に「いただきます」と頭を下げてから、茶で喉を湿して、

「掛け取りがあんまり長居するとおかしいですから、手短に申し上げます――」

昨日、市ヶ谷の今井屋敷の用人に借金証文と二百両の金を無事に手渡した報告をしてから、寅松の話は慈恩堂昌玄に移る。

「慈恩堂の主人の昌玄というのは、四十七、八。坊主頭で、修験者上がりだそうで」

「修験者が商人になるとは、珍しいな」

「そうですね。昌玄は元は岳山坊とかいう名で、修行で山ん中を歩いてるうちに、自然と薬草に詳しくなったとか」

「たしかに、山中で怪我をしたり熱を出したりすることはあるだろうからな」

「へい。昌玄が江戸へ出て来て、本町に薬種店を開いたのが十年ばかり前です」

その開店資金は、薬草の知識を活かして、村々で怪我人や病人を直してやった時の礼金を貯めたもの――と本人は言うが、本当のところはわからない。

主人自らが顧客に合う薬を調合してくれるというので、たちまち評判になり、今では、慈恩堂は江戸の薬種店で十指に入る大店である。

「雑司ヶ谷に寮があるそうですが、女房子はいません」

「それほどの大店なのに、妻帯せず、後継もいないのか」

「養子もとってないんですよ。そこが、不思議なんですが」

　寅松も首を捻って、

「修験者になった時に生涯不犯の近いを立てたとか……だから、吉原に誘われても断ってます。後継は、奉公人の中から選ぶとか。ちなみに、身代は三万両とも五万両とも言われてます」

「裏で万寿講という高利貸しをやっているから、本当の身代はもっと多いだろう」

「そうですね。万寿講の詳しいことは、まだ調べてなくて、すみません」

「いや、昨日の今日だし、隠れ家のことも頼んでいるから、無理もない」

　竜之介は少し考えてから、

「――それでな、寅松」

「へい」

「そなた、腕の良い盗人に知り合いはおらぬか」

「はあ……いることはいますが……」

面食らった顔で、寅松は言う。

盗人のみならず、あらゆる犯罪者に人脈があるのが早耳屋という稼業なのだ。

「旦那。盗人が、どうかしましたか」

「わしに、引き合わせて貰いたい。なるべく、早くに」

三

愛宕下の大名小路は、この周辺に数多くの大名屋敷があるところから、その名称が生まれた。

より正確には、大名屋敷と旗本屋敷が混在していて、北側に伏見町や久保町などの町屋、南側に広大な三縁山増上寺がある。

増上寺は、言うまでもなく、上野寛永寺と並ぶ将軍家の菩提寺である。

さて――大名小路の西の端に、板垣藩一万六千石の上屋敷があった。藩主は、堀江右京亮義純である。

その表門を、反対側の塀の蔭から見つめている御高祖頭巾の女がいた。

大名屋敷の腰元のように見える。年齢は、二十一、二だろうか。

健康そうな顔立ちだが、板垣藩の表門を見つめる目には、激しい感情が表れていた。

「もし……娘さん」

急に声をかけられて、女は、はっと身構えた。右手を懐に近づける。

声をかけたのは、丸髷の三十前と見える女で、口元に黒子があった。

女賊、夜叉姫お琉の化けた姿である。

「つかぬことを申し上げますが、あなた、思いつめて何事かなさろうとしていますね」

「あなたは……」

警戒心を解かずに、女は訊く。

「ほほほ、そんなに怖い顔をしなくても大丈夫。あたしは琉と申します」

お琉は微笑みかけて、

「今は商人の女房ですが、最初の亭主は無職渡世の人間でした。喧嘩で命を落としましたが……だから、命を賭けている人間の顔つきは、よくわかります」

「……」

「見れば、どこぞのお屋敷の腰元さん。中間も若党も連れずに、こんなところで大名屋敷を見張っているのは、ただ事とは思えません――よろしければ、力をお貸し致しましょうか」

「え」

「あなた一人では難しいことでも、私が助力すれば、成し遂げられるかも知れません。たまたま、ここで出逢ったのは神仏の思し召し、良かったら事情を打ち明けてくださいませんか」

「それは……」

女は、迷っているようであった。

「人手は大事ですよ」とお琉。

「見張るにしても、あなた一人では何かと不自由。でも、うちの奉公人が交代で見張れば、目的も遂げやすくなりましょう」

「……わかりました」

女は、こくんと頷いた。

「良かった。では、あちらに甘味処がありますね。あそこの二階から、表門が見えるようです。あの店で、ゆっくりと話をうかがいましょう」

返事を聞かずに、お琉は、通りを挟んだ日蔭町の方へ歩き出した。

（さて――）

お琉は、胸の中で舌舐めずりして、

（久しぶりに、好みの娘を見つけた……どうやって、いたぶってやろうか）

同性愛者で加虐趣味のお琉なのであった。

そうとも知らずに、御高祖頭巾の女は、黙ってついて来る。

四

「お、あいつは寅松じゃねえか」

一膳飯屋から出て来た早耳屋の干支吉は、とっさに脇の路地に飛びこむ。

そして、浅草本願寺脇の通りを北へ歩いて行く寅松を見た。

「前掛けなんか下げやがって、どういうつもりだ、あの野郎……」

同じ早耳屋稼業だから、干支吉は寅松と面識があるが、格別の付き合いはない。

付き合いがないというか……実は、干支吉は寅松を激しく憎悪していた。

それというのも――子供の時から、「猿に似ている」ので「えて吉」と呼ばれて嗤われて来た干支吉であり、本人も馬鹿にされることには慣れていた。

早耳屋の渡世に入ってからも、夜叉姫お琉を初めてとして、悪党どもから「えて吉」と呼ばれても、「えへへ」と笑って聞き流してきた干支吉なのだ。

ところが、寅松だけは、最初に会った時から彼を律儀に「干支吉さん」と呼んで、一度も容貌を馬鹿にしたこともない。

常人には不可解なことだが――干支吉は、それが「許せない」のである。

つまり、「寅松も、蔭では俺のことをえて吉と呼んで馬鹿にしているだろう」と邪推して、「表立って馬鹿にする奴は冗談として許せるが、蔭で馬鹿にしている野郎は絶対に許せない」という、実に屈折した心情なのであった。

本当は、寅松も小さい頃から、自分の眉が薄いことを「気味が悪い」と言われ続けて来たので、他人の容貌や名前を笑いものにするのを避けていたのである。

しかし、そのように細かい気遣いは、干支吉には理解できない。

それに、寅松が早耳屋として評判が高いのも、癪に障っていた。

そういうわけで、「いつか、寅松の野郎を追い落としてやる」と考えていた干支吉なのだ。

「おや……」

干支吉が観察していると、寅松は、すっ……と路地に入った。

（俺が見ているのに、気づきやかったのかな）

そんな風に考えていると、すぐに寅松は路地から出て来た。

もう、前掛けはしていない。そして、いつもと同じように襟元を少し広げて、楽にしている。

（なるほど。あいつは前掛けをして、お店者に化けてやがったんだな）

そして、松平竜之介の住居が阿部川町にあることを思い出した。

何とはなしに、（あいつ、松浦の家から出て来たんじゃないのかな）と思いついた。

理屈ではなく、勘である。そして、暗黒街の住人は、自分の勘を非常に大事にしていた。

昨日、両国橋で出逢った権造一家の代貸の様子がおかしいと思った千支吉は、やくざ者でも診てくれる医者の家を一軒ずつまわって、仙太という三下が預けられている医者を見つけ出した。

その医者の家の下女から、夜更けに仙太が怪我をする前に料理茶屋〈花房〉にいたことも、聞きだした。

しかも、顔に怪我をしたのは、浪人者に小石を投げつけられたからだという。

それで、今日——千支吉は朝から花房を見張った。

出て来る奉公人の何人かに言葉巧みに近づき、権造一家が花房で非合法売春を行っているらしい——と知った。

しかも、昨夜、身を売っていたのは、千登世という武家の女のようだ。

(こいつは掘り下げていくと、金になりそうだ……)

そんなことを考えながら、千支吉は一膳飯屋で昼食を摂って出て来たら、変装した寅松が阿部川町の方から歩いて来るのに、出くわしたのである。

千支吉は、頭の中で全てが繋がるのを感じた。

(仙太に石を投げつけたという浪人は、松浦竜之介かも知れねえ……そして、寅松は松浦浪人に連絡をつけて、これから、どこか大事なところへ行くのだ……)

千支吉は、するりと路地から出て来る。

そして、近くの荒物屋で菅笠を買って、これを被った。

松浦竜之介の家はわかっているから、いつでも様子を見に行ける。今は、寅松の行く先を突きとめるのが先だ……。

顔見知りを尾行するのは難しいが、それなりに年期の入った早耳屋である千支吉は、歩き方を変えたり出来る。

神社仏閣の並ぶ土地だから、人通りは多い。

（寅松め、一泡ふかせてやるぜ……）

干支吉は舌舐めずりしながら、寅松のあとを尾行はじめた。

五

「私は、旗本の田崎家に勤める女中で、早苗と申します――」

日蔭町の甘味処〈細雪〉の二階の座敷で、女は語り出した。御高祖頭巾は畳んで、脇に置いてある。

「お旗本の田崎家といえば、たしか千八百石の立派なお家柄で、御旗奉行をなさっている御方じゃありませんか」

商家の女房を装った、夜叉姫お琉が言う。

「はい」

早苗は頷いた。少し笑みを浮かべたのは、お琉の言葉が嬉しかったからであろう。

二人の前には、桜餅と茶が置いてある。

お琉は、刻み煙草売りをしている源七という男に会うために、彼が流して歩いているという大名小路へやって来た。

昨日、手下にした甚六から、源七が盗人として使える男だと聞いたのである。だが、犯罪者特有の動物的な勘で、この早苗の事情を聞くことを優先したのであった。

「それで……」と早苗。

「うちのお嬢様が、三年前に、板垣藩のご当主の堀江様に嫁ぎました」

「旗本のお姫様が、大名家の奥方に？」

「珍しいことだそうです。普通は、同じくらいの家格の家同士で婚姻しますから」

三年前——堀江右京亮が、お微行で万松山東海寺の紅葉を見に行った時、家族で東海寺に来ていた田崎家の多代を、見初めたのだという。

大目付にも目付にも話を通してから、右京亮は多代と見合いをして、正式に婚儀となった。

「私は商家の娘で、十四の時から行儀見習いとして田崎家に奉公し、ずっとお嬢様付きの女中でした」

一歳年下の多代は優しい性格で、屋敷奉公に慣れぬ早苗がしくじりをしても、決して怒らず、むしろ庇ってくれた。

感激した早苗は多代に精一杯尽くし、主従の絆が深くなったのである。

だから、堀江家に多代が嫁ぐ時も、早苗は一緒に行きたいと申し出たし、多代もそれを望んでいた。

「でも、実家の女中が婚家に付いて行くと、夫婦の不仲の元になる――と言われて、それは叶いませんでした」

前妻を病気で亡くした堀江右京亮は三十六で再婚、多代は十八歳で初婚。二人の夫婦仲は良く、昨年、男児も産まれたという。

「ところが――」

早苗は、厳しい表情になって、

「一昨日の夜、堀江家から多代様が亡くなったという報せが来たのです」

「ご病気ですか」

「突然、亡くなられた――と」

医学が未発達だった江戸時代には、死亡の原因が突きとめられないことが、少なくなかった。そういう場合は、〈頓死〉として扱われる。

「あんなにお元気だったお嬢様が、いきなり亡くなるはずがない。きっと、堀江様が何かしたに違いないのです」

その強い語気に、お琉は少しだけ眉をひそめる。

（主人思いなのはわかるのが、これほど強く断言するのは、ちょいと変だね……）

が、早苗は、相手の表情の変化に気づかずに、

「堀江家では勝手に葬儀を済ませて、私たちは、最後に多代様のお顔を見せて貰うことも出来なかったのです。こんな馬鹿な話がありますか。きっと、堀江様が手にかけて、お嬢様が酷い有様だから、田崎家の者には亡骸を見せられなかったのでしょう」

「なるほどねえ……私も、早苗さんの仰る通りだと思いますよ」

胸の内とは裏腹に、お琉は大袈裟に頷いて見せた。

「私は悔しい、悔しいのです……うちのお殿様も奥方様も、亡くなったものは仕方がない——とおっしゃって、堀江家に抗議もしない。私は、それが……悔しくて……」

早苗は大粒の涙を流して、絶句した。袂で顔を覆う。

「泣きなさい、早苗さん。あんたの言うことは正しい。他の人たちが間違ってる

んです」

お琉はそう言いながら、早苗の背中を優しく撫でてやる。

「お琉さん……」

早苗は、お琉の膝に顔を伏せて、泣きじゃくる。

初めて自分の理解者が現れた――と思って、今まで押さえていた感情が爆発したのだろう。

「それで、あんたは、お嬢様の仇敵討ちをするつもりで、堀江家の屋敷を見張ってたんだね」

地金が出て、お琉の口調が少しばかり伝法になった。

「はい……奉公人の下女か下男が出て来たら、人けのない場所に誘って……お嬢様の死の真相を聞き出すつもりでした……」

「なるほどねえ、立派な心がけだ。忠義者というのは、あんたのような人を言うのだろう……早苗さん、あんたの忠義に、あたしは感心しましたよ」

早苗の背中や肩を撫でながら、お琉は言う。

「こうなったら、あたしが仇討ちに協力しようじゃありませんか。うちの若い者に堀江家を見張らせ、下男か中間に酒でも呑ませて、多代様のことを探らせますよ」

「ほ、本当ですか、お琉さん」

早苗は顔を上げた。

「本当ですとも。指切りしましょうか……あらあら、別嬪さんが涙まみれで」

お琉は、肌襦袢の袖で早苗の涙を拭ってやった。

早苗は目を閉じて、幼子のように拭われるままになっている。

これが、お琉の待っていた好機であった。

ごく自然に、早苗の唇を吸う。

「ん……」

早苗は驚いたようだが、その時には、お琉の右手が相手の胸元に滑りこんでいる。そして、早苗の乳房を、やんわりと摑んだ。

感情が昂ぶっていた早苗だから、性的感覚も敏感になっていた。しかも、早苗は処女ではない。

唇をねぶられ乳房を揉まれて、瞬く間に、早苗は正気を失ってしまう。

お琉は、その早苗を畳に横たえた。

そして、右足で早苗の裾前を割り、両足を開かせる。

これから飢えた牝獣が、若い牝の肉体を徹底的に嬲り抜くのだ――。

六

長遠山慶印寺の北側と東側は、田畑である。

その中にある小さな家に、早耳屋の寅松は入って行った。

（ごめんなさいよと案内も乞わずに、すっと入って行ったから、全くの他人の家じゃねえな。そして、寅松の住居は笠子長屋だから、自分の家でもない……ごく親しい知り合いの家ってところか）

尾行して来た干支吉は、しゃがんで草履の鼻緒を直すふりをしながら、その家を観察する。

それが松平竜之介の隠れ家で、今井千登世がいることを、干支吉は知るよしもない。

（近づくのは難しいな。聞きこみといっても、隣の家も離れてるし……厄介だぜ）

町中のように店が並んでいれば、干支吉としても聞きこみも楽なのである。

しかし、田畑に点在している百姓家に行って聞きこみしても、怪しまれるだけだ。

（物売りの格好でもしてれば、品物を見せるふりをして聞き出すことも出来るんだが……）

いつまでも道端にしゃがんでいるのは不自然だから、干支吉は立ち上がった。

遠くから、誰かが見ているかも知れないからだ。

右手に木立があるので、干支吉は、そこへ入る。

そして、菅笠を取り木の蔭に蹲って、寅松の入った家を観察した。

暖かい日だから、木立の中は新緑の匂いで、むっとしている。

（とにかく、一刻ばかり見張ってみよう。奴が出て来たら、また尾行るんだ……）

それから、ふと、干支吉は思った。

（こうなると、昼飯をちゃんと喰っといて良かったぜ……安い店のわりには、あの鰯の摘入は旨かったな）

# 七

「あっ……ああ、そんな……」

その頃、甘味処の二階では——肌襦袢一枚の姿にされた早苗は、梅色の乳頭を吸われて喘いでいた。

むっちりした肢体で、胸乳は大きめである。

自分も肌襦袢一枚になった夜叉姫お琉は、右の膝頭で早苗の秘部を刺激していた。

下腹部の繁みは、亀裂に沿って帯状であった。花弁は紅色をしている。

——宿下がりで実家へ帰った十七の時、幼馴染みの宗吉と結ばれた早苗である。

しかし、初めての媾合は、早苗が夢想していたような甘やかなものではなく、若い宗吉が性急に男根を突き入れたために、苦痛なだけであった……。

だが今、お琉の巧みな愛撫は、早苗を全く知らなかった世界に没入させている。

女同士の淫戯という状況にも、疑問をいだく余裕はなかった。

早苗の右の乳頭を咥えながら、お琉は、固く尖った左の乳頭を、いきなり指で弾(はじ)いた。

「痛いっ」

　びくんっ、と早苗は軀(からだ)を震わせる。

「ごめんごめん、痛かったかい」

　お琉は、にんまりと笑って、

「でも、痛いだけじゃないだろう。弾かれたお乳(ちち)が、じんじんしてるけど……それが、気持ち良くなってやしないか」

「そんなこと……」

　早苗は口では否定したが、たしかに乳頭の疼痛(とうつう)に混じって、何か痺れるような感覚が広がっている。

「ふ、ふ。あたしにはわかる、あんたには泣嬉女(なきめ)の素質があるんだよ」

「泣嬉女……？」

「あたしに嬲(なぶ)られることが、生き甲斐になるって意味さ」

　そう言って、お琉は、早苗の乳頭を軽く嚙んだ。

「ひいィ……っ」

　今度こそ早苗は、痛みの中の快感をはっきりと感じた。

泣嬉女――被虐嗜好の女、つまりマゾヒストである。

淫戯の最中に痛めつけられることによって、悦楽の頂点に達する女のことだ。天性のサディストであるお琉は、泣嬉女の素質を持った女を見抜くことが出来る。だからこそ、早苗に声をかけたのだ。

お琉の膝頭は、早苗の花園が潤っているのを感じる。

早苗の顔を、お琉は右手で撫でまわした。

そして、人差し指と中指を彼女の口の中に差し入れる。

早苗は本能的に、その二本の指を舐めしゃぶった。

まるで、陰唇に出没する男根のように、お琉は、その二本指を抜き差しする。

そして、たっぷりと唾液をまぶした二本の指で、早苗の花園に触れた。

濡れそぼった花園の奥へ、指先を差し入れる。

「ひあっ……あ、あァっ」

二本の指を花孔に挿入されて、早苗は、甘ったるい悲鳴を上げた。

お琉は上体を起こして、早苗と逆向きの姿勢をとる。そして、彼女の下肢を大きく広げて、左足を折りたたんだ。

これで、早苗の花園だけではなく、蟻の門渡りも臀の孔も、女として羞恥の場所が全て丸見えになってしまう。

お琉は、臙脂色(えんじいろ)の後門に顔を近づけた。

舌を伸ばすと、放射状の皺(しわ)をぺろりと舐める。

「……っ！」

声にならぬ叫びを上げて、早苗は背中を反(そ)らせた。

「お琉さん、いけない……そこは不浄(ふじょう)の場所……」

「ふふ……だからこそ、味見したいんだよ」

お琉は右の二指を蜜壺に抜き差ししながら、臀の孔の奥に舌先を差し入れた。

前の女門と後ろの孔を同時に責められ、早苗は軀をくねらせて、正気を失ったかのように悦(よ)がりまくる。

お琉が、女中にはたっぷり心付けを渡したから、邪魔される心配はない。

それに元々、甘味処は若い男女の逢い引きの場所として利用されることが多いのだ。

料理茶屋や出合茶屋より入りやすいし、誰かに出るところを見られても、「甘い物が食べたくなったので」と言い訳できる……。

お琉の執拗な淫戯責めは、それから半刻(はんとき)にも及んだ。

異常な快感と苦痛を同時に与えられた早苗は、精も根も尽き果てている。御殿髷(ごてんまげ)も、崩れてしまっていた。

「ふ、ふん……」

ぐったりとして横たわっている早苗の顔を、肩に肌襦袢を羽織(はお)ったお琉は、足の親指で嬲った。

早苗は、ほとんど無意識に、その足指を舐める。

泣嬉女として、開花してしまったのだ。

お琉は早苗に顔を近づけると、その前髪を摑んで、ぐいっと顔を上げさせる。

「早苗。あんた、あたしに隠していることがあるだろう」

「お姉さんに隠し事なんて……」

早苗は、弱々しく否定した。

「いや、隠している。堀江の殿様が奥方の多代様を痛めつけたか、手討ちにしたか――そんなことをする理由を知っているはずだ」

「……」

目を伏せて、早苗は黙りこむ。

次の瞬間、早苗は悲鳴を上げた。

お琉が左手で、彼女の乳頭を強く捩ったからだ。

「話すんだ。それとも、お乳の先を毟り取ってやろうか」

「ごめんなさい、お姉さん……言います、言うから、お乳は勘弁して」

「よし」

お琉は乳頭から手を放して、早苗の瞼に接吻した。

「さあ、言ってごらん……どうして、堀江様が多代様を手にかけたと思ったのか」

優しげな口調で、お琉は促す。

「多代様は……三月ほど前に、五百両を借りたからです」

「え」

さすがの海千山千のお琉も、とっさには何のことか、理解できなかった。

実は――田崎家の嫡男であり多代の兄でもある又十郎は放蕩者であった。

同じ旗本の友人に誘われて悪所に入り浸り、賭場にすら通う有様で、その借財は四百数十両にまで膨れ上がってしまった。

この借金が公になると、当主の田崎幸右衛門も御役御免になるかも知れない。

そこで田崎家は、娘の多代に泣きついたのである。

しかし、堀江家も大名とは言え一万六千石の小藩だから、その内情は苦しい。

どんな小大名でも参勤交代をせねばならぬから、家禄数千石の大身旗本の方が豊かな暮らしをしているほどだ。

多代は、夫の堀江右京亮に無心する事も出来ず、大いに悩んだ。

そんな時、出入りの慈恩堂昌玄から「万寿講（まんじゅこう）という武家の女だけの風流の集まりがあります。その万寿講に入ると、世間に知られずに金が借りられるそうで」と聞かされたのである。

多代は、「実家（さと）の母上が患（わずら）っているので、お見舞いに行きたい」と夫に申し出た。

そして、田崎家に帰ると、女中の早苗を仲立ちにして万寿講に入り、自分の名で証文を書いて五百両を借りたのである。

その五百両を渡すと、父親も母親も泣いて喜び、兄の又十郎も殊勝に頭を下げた。

しかし、これで一件落着したわけではない。

翌月から、五十両の利息を払わねばならないのだ。

最初の五十両は、田崎家が大汗をかいて都合した。

しかし、次の月の五十両が作れない。

そこで――「五百五十両を、帳消しにする方法があります」と、多代は貸し主の昌玄に言われたのである。

それは、材木商の飛驒屋に、多代が身を任せることであった。

死ぬほど悩んだ多代であったが、この勧めを断っても、利息の五十両を作るあてがない。

仮に今月の五十両が作れても、来月の五十両、再来月の五十両はどうするのか。

そして、利息を払い続けても、一年後に元金の五百両の返済期限が来るのだ。

結局――多代は、深川の料理茶屋の離れ座敷で、飛驒屋当右衛門に身を任せた。

そして、五百両の借金証文を返して貰ったのである。

これで、悪夢は終わった……はずであった。

「つまり――」お琉は言う。

「堀江の殿様が、奥方が五百五十両の代わりに飛驒屋に身を売ったことを知って、成敗したというのか」

「私には、そうとしか思えません。お嬢様が病気で急死したのなら、どうして、田崎家の者に死に顔を見せてくれないのですか。おかしいじゃありませんか」

「たしかに、そうだが……五百両の証文は焼き捨てのだろう？」

「はい」

「だったら、あんたたち田崎家の者が口裏を合わせたら、借金の件が堀江の殿様にわかるわけはない。飛騨屋や高利貸しだって、自分から言うわけがないしな。もし疑われても、証拠がないんだから、知らぬ存ぜぬで押し通せばそれで終わりじゃないか」

「どうやって、堀江様がそれを知ったのか、私にもわかりませんが……証拠は……証拠はあるのです」

項垂れたままで、早苗は言った。

「どんな証拠があるんだい」

「それは、あの……」

早苗は躊躇いながら、喉の奥から絞り出すようにして言った。

「秘唇形です」

# 第七章　破華責め

## 一

「本町の慈恩堂か――わしも、何度か買いに行ったことがある。他所の店には置いていない珍しい薬を置いていたからな」

その日の夕方――阿部川町の家を訪れた弟子田楼内は言う。

楼内は実は、牢死したと伝えられている本草学者の平賀源内の世を忍ぶ仮の姿であった。

松平竜之介は、これまで何度も楼内の深い知識に基づく助言によって、難事件を解決している。

今日は「無事に本復した患家から、良い酒を貰ったので」と角樽を下げてやって来たのであった。

そして、竜之介から万寿講の話を聞かされたのだ。

「主人の昌玄とは、会ったことはない。今でも他人任せにせずに、時々、薬草の採取に出かけるのだそうな。おそらく、他人には明かせぬ貴重な薬草の群落とかが、あるのではないかな」

「なるほど。釣り人が、釣果の上がる場所を隠すようなものですな」

「元は修験者か……昔、わしは薬草を求めて、あちこちの山を旅してまわったから、たくさんの修験者を見てきたよ」

竜之介に酌をされながら、楼内は言う。

「修験者にも色々あって、真面目に修行に励んでいる者もいれば、ごろつき同然の奴もいた。世間ずれしていない山奥の村の者たちを騙して、なけなしの金品を巻き上げたりな……そうか、慈恩堂昌玄は武家の女相手の高利貸しもやっていたのか」

「しかも、その証文を盾にとって売色まで強いる——非道な奴です」

盃を手にして、竜之介が言った。

「うむ……しかし、成敗するにしても証文が問題だな。それが表に出ると、自害する女もいるだろう」

「それについては、寅松に腕利きの盗人を紹介して貰う手筈で」

「盗人？」楼内は驚いて、

「なるほど。後難がないように、まず、慈恩堂から借金証文を盗んでしまおうというのか——それは面白い。さすが竜之介殿は、考えることが常識の外だ」

「褒められているのか貶されているのか、わかりませんな」

竜之介は苦笑した。

「勿論、褒めているのだよ。人道を外れた者には、それ相応の知恵で対抗せんとな」

「——燗がつきました」

倉田朝実が、長火鉢から銚子を取って、

「先生、どうぞ」

「うむ……凜々しい娘剣士に酌をして貰った酒は、また格別の味わいだな。ははは」

上機嫌の楼内であった。

「そうだ、硯と紙を用意してくれぬか」

「文を書かれるのですか」

「いや、酌をして貰った礼に、絵を描いて差し上げよう」

「絵……」

「そなたの父母の仇敵(かたき)、坂巻平三郎(さかまきへいざぶろう)の顔を絵にするのだ」

「坂巻の人相書きでございますか」

そういう発想はなかったので、朝実は驚いた。

「役者の大首絵(おおくびえ)のようなものだな」と楼内。

「それがあった方が、仇敵を探しやすいだろう。言葉でそいつの特徴を述べるよりも、絵を見せた方が早い」

「楼内先生は多芸多才で、南蛮風の絵も描かれるそうだ」

脇から、竜之介が言う。

弟子田楼内——平賀源内は、浄瑠璃(じょうるり)作者でもあり戯作者(げさくしゃ)でもあり、焼物師でもある。

専門の本草学の方で草花の絵を描くし、讃岐(さぬき)藩士時代に長崎に留学していた時、西洋画も習得していた。

その技法を小田野直武(おだのなおたけ)に伝えて、秋田蘭画(らんが)の基礎を築いている。

「では——坂巻平三郎の特長を聞かせて貰おう」

筆を手にして、楼内は朝実に訊いた。

「まず、顔は丸いか四角か面長か……鼻は大きいかね。ゆっくり思い出しなさい」

「顔は、顎が張って角張っていました――」

四年前の記憶を辿りながら、朝実は慎重に答える。

楼内は、朝実の感想を聞きながら何度か描き直して、

「こんなもので、どうだな」

五枚目の絵を、朝実に渡した。

「まあ……この通りの顔でございます、先生」

その絵を竜之介に渡し、朝実は畳に両手をついて、

「先生の絵のおかげで、仇敵を探し当てる希望が持てました。有り難うございました」

深々と叩頭する。

「まあ、手を上げてくれ。天は必ずや、朝実殿の孝心に応えて、仇敵に引き合わせてくれるだろう」

「はい……」

温かい励ましの言葉に、朝実の双眸は潤んでいた。

「一見、立派な風貌ですな」

西洋画の技法を取り入れた似顔絵を見て、竜之介は言う。

「だからこそ、朝実殿の親御も騙されたのだろう……文字通り、恩を仇で返した外道、許されざる奴じゃ。そうだ、もう一枚、あった方が良いな」

楼内は、さらさらと二枚目の似顔絵を描き上げた。それを朝実に渡して、

「それでは、駕籠を呼んで貰おうかな」

「もう、お帰りですか」

「長居をすると、何とかの邪魔をして馬に蹴られるかも知れん。また、寄らせて貰うよ――」

二

弟子田楼内が帰った後――松平竜之介は、朝実を抱いてやった。

仰向けになった竜之介は、朝実に腰の上で跨ぐように言う。

「ああ……深い、深くまで入ってる……」

騎乗位で真下から巨砲に貫かれた朝実は、竜之介の分厚い胸に両手をついて、燃え狂った。

一刻ほど様々な姿勢で交わり、朝実を翻弄してから、竜之介は夥しく放った。

絶頂を知った朝実は、失神してしまう。

丁寧に後始末をしてから、二人は裸で抱き合ったまま眠りこんだ。

亥の中刻――午後十一時過ぎ、竜之介と朝実は、ほぼ同時に目を覚ました。

殺気を感じたのである。

「朝実――」

「はい」

言葉の遣り取りはそれだけで、二人は音を立てぬようにして身支度を調えた。

有明行灯の淡い光に照らされて、竜之介は片膝立ちで庭の気配を窺う。

何者かが、庭へ侵入して来たのであった。

「……………」

静かに立ち上がった竜之介は、障子を開いて縁側へ出た。

十日月の光を浴びて庭に立っていたのは――鬼の面を被った男装の小姓であっ

た。

「その方か……どうして、わしの住居を知った？」

紀伊国坂で辻斬りをする現場を目撃したが、鬼面小姓が、自分の名も素性も知るはずがない——と竜之介は訝る。

鬼面の小姓は何も答えず、すらりと大刀を抜く。

「問答無用か……しかたがない」

竜之介が庭へ下りようとすると、

「お待ちください、竜之介様——」

朝実が庭へ飛び下りた。

「この者の相手は、私が致しまする」

大刀を抜いて正眼につけると、

「夕紀、この姉の顔を忘れたかっ」

しかし、鬼面の小姓は大刀を下段にして、朝実の顔を見ても全く動揺しなかった。

「その軀つき、その構え——そなたは、倉田夕紀に間違いない。面をとって、顔を見せよ」

竜之介は両者を見て、

「朝実、相手は濃厚な殺気を放っている。説得は無理のようだ」

「はい……」

朝実は唇を噛んだ。そして、大刀を上段に移す。

上段の朝実と下段の鬼面小姓――二人は、無言で対峙した。

「…………」

「…………」

朝実の闘気と鬼面小姓の殺気が、庭全体に膨れ上がってゆく。

「ええいっ」

闘気の充実した朝実が、咆吼とともに一気に間合を詰めた。

鬼面の小姓も、左足を踏み出しながら手首を返して、大刀を軀の右側で回す。

そして、朝実の頭部めがけて振り下ろした。

が、同時に朝実も大刀を振り下ろしている。

夜の黙を破って、金属音が響き渡った。

「む……」

竜之介は見た、鬼面小姓の大刀が軌道の外側へ弾かれるのを。

そして、朝実の大刀は、小姓の額すれすれのところで止まっている。

朝実は相斬刀で、鬼面小姓の円心の太刀を破ったのであった。

鬼の面が真っ二つに割れて、地面に落ちた。

「……夕紀っ！」

大刀を引いて、朝実は叫ぶ。

面の下にあった顔は、朝実と瓜二つ――やはり、この娘は、生き別れになった倉田夕紀だったのだ。

が、氷のように冷たい表情のまま、夕紀は大刀を左の片手薙ぎにする。

「おおっ」

朝実は危うく飛び退がって、その刃をかわした。

が、着地の時に小石に躓いて、態勢を崩してしまう。

その朝実に、夕紀が猛然と襲いかかろうとした。

「むっ」

庭に飛び下りた竜之介の大刀が、その夕紀の首の付根に振り下ろされる。

無論、峰打ちであった。

「う……」

大刀を取り落として、夕紀は前のめりに倒れる。

竜之介は納刀すると、気を失った夕紀を両腕でかかえ上げた。

「朝実、その大刀を拾ってくれ」

「は、はい……」

自分の大刀を鞘に納めて、朝実は、妹の大刀を拾い上げる。

竜之介は、夕紀の軀を夜具に横たえると、彼女の大刀の下緒を使って、後ろ手に縛った。

そして、夕紀に手拭いで緩めに猿轡を嚙ませる。

これは、気絶から醒めた時に、舌を嚙み切って自害しないようにだ。

「朝実、でかした」

竜之介は、朝実に言った。

「昼間、教えたばかりの泰山流 相斬刀——よくぞ我がものにしたな」

「お羞かしゅうございます」

朝実は一礼して、

「相斬刀が決まらねば、あの場で死ぬつもりで剣を振り下ろしました」

「うむ……気合勝ちだな」

竜之介は深々と頷き、それから眉をひそめて、

「で——どう思う、そなたの妹のことだが」

「はい。この者が私の妹の倉田夕紀であることは、疑いのないこと。しかし……何か、別人のような不気味な目つきでございました」

朝実も不安そうに言う。

「崖から落ちて頭を強く打った時に、どうにかなってしまったのでしょうか」

「そうだな……怪我の痕はないようだが」

夕紀の頭部を調べて、竜之介は言った。

「これは前に楼内先生に聞いた話だが——大火事などで怖い目に遭った子供が、親の顔も自分の名も忘れてしまうことがあるという。つまり、強い恐怖で頭が真っ白になってしまうのだな」

「では、夕紀も……」

「たとえばだが、崖から落ちる時に感じた強い恐怖で、自分のことを忘れてしまったのかも知れぬ」

「では、どうすれば？」

朝実は身を乗り出した。

「楼内先生は、強い恐怖と同じくらいの何か刺激を与えると、正気に戻るかも知れない——と言っていたが」

「強い刺激……」

少しの間、朝実は考えていたが、

「竜之介様——」

ただならぬ顔つきになった。

「何だな」

「妹を犯してくださいまし」

決然として、朝実は言う。

「それは……」

「女に生まれて最も重大なことは、破華（はか）の時でございましょう。ならば——夕紀も竜之介様の立派なもので犯されれば、正気を取り戻すかも知れませぬ」

「ううむ……」

「こんなことをお願い出来る殿方は、竜之介様しか……どうぞ、妹の夕紀を正気に戻してやってくださいまし」

両手をついて、額を畳に擦りつける朝実であった。

こうなったら、竜之介も無下には断れない。

「……わかった。どうなるかわからぬが、やってみよう」

三

倉田夕紀は夜具に座り、上体が前のめりの姿勢にされていた。両手は、背中側で縛られている。

全裸であった。

この姿勢だと、半球型の臀の割れ目が開いて、薄桃色の後門が露出している。夕紀の後門は、放射状の皺がなく、針の先で突いたような孔があるだけであった。姉の朝実と同じ形状、同じ色艶である。

「では、始めようか」

これも全裸の松平竜之介が、厳かに言った。

竜之介は、夕紀の後ろに胡座を掻いて、その臀孔と無毛の花園を見つめている。

「ご奉仕させていただきます……」

肌襦袢一枚の姿になった倉田朝実が、脇から、竜之介の股間に顔を伏せた。

先ほど、自分の肉体を嵐のように翻弄(ほんろう)した男根を、咥(くわ)える。

昨日の夜、竜之介に教えて貰った口唇奉仕であった。

「ん……あぐ……」

朝実は頬を染めながら、愛(いと)しい男の生殖器を舐めしゃぶった。

先ほど吐精しているにも関わらず、朝実の舌の奉仕によって、男根は猛々(たけだけ)しくそそり立った。

太く、長く、黒々と唾液に濡れ光り、反(そ)りかえって逞(たくま)しく脈打っている。

まさに巨根であった。

「それで、よかろう」

竜之介に言われて、朝実は、名残り惜しそうに男根から離れる。

竜之介は片膝立ちで、夕紀の臀に巨根を近づけた。

無毛の亀裂に、唾液に濡れた男根を押し当てる。そして、擦りつけた。

その行為によって、夕紀の肉体の奥から、透明な愛汁が湧き出してくる。

本人の意識がなくても、女の本能が男の愛撫に反応したのであった。

竜之介は、その愛汁も巨根に塗(まぶ)して、角度を調整する。

そして、一気に腰を進めた。

石のように硬い巨根が、十八娘の聖なる肉扉を引き裂いて、花孔の奥へ突入する。

「～～～アアアっ！」

あまりの激痛に、夕紀は目を覚ました。猿轡（さるぐつわ）の奥から、絶叫を迸（ほとばし）らせる。

その時には、竜之介の男根は容赦なく根元まで、夕紀の肉体に埋まっていた。

強烈な締め具合である。

「い、痛い……死ぬぅ……」

夕紀は、苦しげに呻（うめ）く。

「そなたの名を聞こう」

腰の動きを停止させて、竜之介は問うた。

「私は鬼夜（きや）……」

「いや、倉田夕紀という名ではないか」

「何を言ってる、早く抜けっ」

夕紀は、くぐもった声で叫んだ。

「死にそうに痛い……早く、その汚（けが）らわしいものを抜けと言うのに」

それを聞いた朝実が、

「竜之介様。残念ながら、まだ足りぬようでございます。もっと刺激を」

「わかった――」

竜之介は、夕紀の臀の双丘（そうきゅう）を鷲（わし）づかみにした。ずん、ずん、ずずん……と力強く夕紀を責める。

夕紀は悲鳴を上げた。

「や、やめろ……ひゃあぁァっ」

竜之介は心を鬼にして、夕紀の締まりの良い肉壺を、責めて責めて責めまくった。

汗まみれになって悲鳴を上げ続ける夕紀だが、次第に調子が変わって、甘ったるい喘（あえ）ぎになっていく。

苦痛の限界を超えて、それが快感に変わったのであろう。

それを脇から見ていた朝実も、我慢出来なくなって、竜之介の逞しい臀部に顔を埋（うず）める。

割れ目の奥底に舌先を伸ばして、男の排泄孔を舐めしゃぶった。

自分の花園を右手で弄（もてあそ）びながら、朝実は、排泄孔の奥に深々と舌を差し入れた。

竜之介は自制を解いて、大量に射出する。

白濁した熱い溶岩流が、夕紀の肉壺の奥の院に叩きつけられ、逆流して結合部から溢れた。

その吐精と同時に、

「……………ォォォっっ!!」

夕紀も、生まれて初めて性的絶頂に達している。

がっくりと首を垂れて動かなくなり、肉壺の括約筋だけが不規則に痙攣していた。

朝実も自分の指戯で、軽く逝っている。

ややあって、竜之介が、

「これ、大丈夫か」

猿轡を外して、夕紀の頬を軽く叩いてみた。

夕紀は、ゆっくりと瞼を開いて、瞳を左右に動かした。

「………何かしら、躯が変だわ」

先ほどとは違って、人間味のある声だ。

「腰が重くて何か……え?」

自分が裸で、後ろ手に縛られていることに気づいたらしい。

「夕紀——私がわかるか」

竜之介の肩越しに、朝実が声をかけると、

「あ……姉上っ」

倉田夕紀は叫んだ。

四

「——私は崖から落ちた時に、途中の木の枝に何度か引っかかり、それで落ちる勢いが削がれて、命が助かったのだと思います」

全裸で正座した倉田夕紀は、肩に肌襦袢を羽織って、これまでの経緯を語り始めた。

その脇に座った倉田朝実は肌襦袢姿、相対している竜之介は、裸で胡座を掻いている。

竜之介の巨根で、前人未踏の処女地を貫かれ責められた衝撃で、夕紀は正気に戻ったのであった。

「でも、地面に叩きつけられた時の痛みで動けず、唸っていました。そこへ……

〈お父様〉が現れたのです」

「お父様――とは」

「修験者の姿をした薬種商の慈恩堂昌玄です」

「ふうむ……」

ここでその名が出るとは思わなかったので、竜之介は驚いた。

「夕紀。なぜ、昌玄をお父様と呼ぶの」

責めるような口調で、朝実が言った。本当の父親に済まないと思ったのだろう。

「姉上、それは術をかけられたからです」

「術……？」

――倒れている夕紀を見つけた昌玄は「大丈夫かね」と言いながら、彼女の躯を調べた。

「骨は折れていないようだ。運のいいことに、大きな傷も出血もない。打身と掠り傷だけだな。吐き気はしないか」

「ええ……大丈夫です」

「この指を見なさい」

昌玄は、右手の人差し指を立てて、

「何本に見えるね」

「一本です」

「よろしい――」

その人差し指を、昌玄は、ゆっくりと右へ左へと動かした。夕紀の瞳がそれを追うと、「うむ……頭は大丈夫だな」と昌玄。

「頭を強く打つと、一本の指が二本に見えたり、指を動かしても目で追うことが出来なくなったりする。そうすると、後々、軀が動かなくなったりと大変なのだ……でも、その様子なら、心配は要らない」

そう言って微笑んでから、いきなり、昌玄は人差し指を、夕紀の顔の前に突きつけた。

「喝っ」

凄まじい気合が崖下に谺して、夕紀は、頭に白い靄がかかったようになってしまった。

「わかるか……今、そなたに清浄な山霊の気を注ぎこんだ。これで、そなたは、わしの命ずるままに動く。わしのことは、お父様と呼ぶがいい」

「はい……お父様」

自分の意志とは関係なく、夕紀の口からそのような言葉が発せられた。

「そなたのことは――うむ、鬼夜と名づけよう」

「私の名は、鬼夜……」

夕紀は、そのように復唱してしまう。

「では、鬼夜」

昌玄は、軽々と夕紀を背負って、

「宿で打身の手当をしてやろう。そして、江戸へ帰るのだ」

そう言うと、獣のような速さで山を駆け下りたのである……。

「それから、私は雑司ヶ谷にある慈恩堂の寮に住んで、昌玄の命じるままに辻斬りを繰り返したのです」

夕紀は、悔しそうに言う。

「竜之介様のお蔭で、頭の中の靄が晴れて全てを思い出しました。荒々しく犯していただいたお蔭で……」

夕紀は頰を染めて、俯いた。

石のように硬い巨根で凌辱された女の部分がまだ痛むが、今はそれが甘い刺激になっているのだろう。

夕紀の秘部は、潤んでいるに違いない。

「でも、そんな妖術があるなんて……」

朝実は、まだ信じがたいようであった。すると、竜之介が考えながら、

「高僧の中には、相手に暗示をかけて思いのままに動かしたり出来る者がいると聞いたことがある。たとえば、お前は蛇だ――と暗示をかけると、畳の上を軀をくねらせて這い進むとか……」

「本当でございますか、竜之介様」

「うむ。だから、昌玄もそういう強い暗示を他人にかけられる男なのではないかな」

「でも、どうして夕紀を自分の娘分にして、辻斬りなどさせたのでしょうか」

「それだ」と竜之介。

「夕紀。昌玄は、辻斬りの理由は説明しなかったのか」

「わしのために此奴らを斬れ――と言われました」

「何っ」

竜之介は驚いた。

「そなたは、夜の通りを歩いて獲物を物色したのではなく、最初から斬る相手が

決まっていたのか」

「そうです。今夜は、この場所へ行って、こういう者を斬れ――と」

つまり、鬼夜こと夕紀の〈辻斬り〉は、通り魔的な無差別殺人ではなかったのである。

「むむ……昌玄は、どうして五人の浪人者と三人の商人を斬る必要があったのか……」

どう考えても、不可解であった。

「そして、昨夜――私は竜之介様を斬れと命じられて、山霊の気を注ぎこまれたのです」

「わしを斬る理由は、万寿講の邪魔をして美濃屋から証文と金を巻き上げたからか」

「そう言われました」

「すると、辻斬りに見せかけて殺された八人も、万寿講絡みの理由なのかな……」

竜之介は腕組みをして、首を傾（かし）げた。

「でも、夕紀……そんな酷（むご）い目にあって、本当に大変だったわね」

姉に労（いたわ）られて、夕紀も目を潤ませる。

「私の不注意から、ずっと姉上にご心配をかけて……申し訳ありません」

頭を下げた夕紀は、肌繻袢の袂で目許を押さえてから、

「でも、昌玄に術をかけられたのは、私だけではありません。万寿講でお金を借りた女の人たちも皆、山霊の気を注がれて秘唇形をとられていました」

それを聞いた竜之介は、怪訝な面持ちになって、

「秘唇形……それは一体、何だな」

五

「秘唇形というのはね──」

猪口を手にしたお琉は、唇を歪めて言った。

「女の大事なところに朱墨を塗って、紙に写すんだとさ」

「つまり、相撲取りの手形みたいなもんですか……女のあそこで」

唖然として、早耳屋の干支吉が言う。

「相撲取りとは艶消しだねえ」

松平竜之介が、倉田姉妹と裸で話をしていた頃──そこは、駒込にある一軒家。

夜叉姫お琉の隠れ家の一つで、お琉と干支吉、そして早苗がいた。

早苗は、お琉の脇で酌をしていた。

女賊に己れの肉体を徹底的に嬲りものにされ、倒錯した愛欲の歓びを教えこまれた早苗は、まともな判断力を失った人形のように、お琉に仕えている。

田崎家の屋敷や実家へ戻るという意志も、なくなっていた。

悲願であったはずの田崎家の多代の仇討ちすら、忘れている。

「万寿講で金を借りる時に、武家の女は借金証文とは別に、その秘唇形をとられる。それには、自筆で名前も書きこんであるんだ」

お琉は猪口を呷って、

「つまり、金を返さなかったり、万寿講のことをお上に訴え出ようとしたら、その秘唇形を日本橋に曝す——と脅かされているんだってさ」

「ふうむ……すると、堀江家の奥方が、殿様に手打ちになったのは、その秘唇形を見られたから？」

「そこは、もう一つわからないけどね。万寿講の昌玄が、わざわざ秘唇形を殿様に見せることはないと思うんだが……」

「そうですね」と干支吉。

「それにしても、驚いた。俺が勝手に調べていた万寿講のことが、姐御の話と繋がるなんて……」

「結局、慶印寺の近くの家の見張りをして、どうなったんだい」

「へい――それが運の良いことに、四半刻ほどで二人の男が家から出て来ました」

「その片方は、お前と同じ早耳屋の寅松って奴か」

「いえ、それが違うんです。松吉と久八という下っ引でね。白銀町の由造って岡っ引の手下ですよ」

松吉と久八は、千支吉が隠れている木立の前を通り過ぎたのだが、

「千登世様は、なんか元気がなかったじゃないか」

「そりゃお前、阿部川町の旦那が、夕べから戻らないからだろう」

「うん。寅松から娘剣術遣いのことも聞いたし、胸の中で、餅がちょっとばかり焼けてるかも知れねえ」

「それを口に出さないのが、武家の女の嗜みってことかな……」

そんな会話を交わしていたのだ。

「なるほどね。松浦浪人が、権造一家から助けた千登世という女を、その家に

匿(かくま)ってるのか……寅松たちは、その家に交代で泊まりこんでるんだろうな……」

　お琉は、しばらく考えこんでから、

「よし――盗人(ぬすっと)集めは中止だ」

「えっ」と干支吉は驚いて、

「大仕事をやってのけて火盗改(かとうあらため)や町方の奴らへ復讐するってのを、諦めるんですか？　そいつは、姐御らしくもねえや」

「馬鹿だねえ。誰が諦めると言った」

「と、言いますと……」

「別口の大仕事をやるのさ」

　お琉は両眼を光らせた。

「慈恩堂の雑司ヶ谷の寮には、大名や旗本の女たちの秘唇形を集めた秘唇帖(ちょう)がある……そいつを、いただこうってわけだ」

「なるほどっ」

　干支吉は膝を叩く。

「その秘唇帖を手に入れたら、大名や旗本を強請(ゆす)り放題ですね。さすが姐御だ」

「上げたり下げたり、全く忙しい男だね、お前は」

お琉は笑った。

「押しこみ強盗と違って、この秘唇帖さえ手に入れれば、あとは強請るだけだから、大して手間はかからないさ……だけど、慈恩堂だって用心してるだろうし、その秘唇帖の隠し場所もわからない」

「へい、そうですね」

「だから、頭は足りなくても荒っぽいことの得意なのを二、三十人、集めて、一気に寮に殴りこむんだ。そして、昌玄の野郎を責め問いして秘唇帖と借金証文の在処(ありか)を吐かせたら、寮の者は皆殺しにして、さっさと引き揚げるんだ」

恐ろしいことを、さらりと言ってのけるお琉だ。

「また、谷中の時のように、愚図愚図(ぐずぐず)して火盗改に囲まれるような鈍智(どじ)は踏まないためにね」

「わかりました。明日にでも、急いで人数を集めましょう」

干支吉は、張り切って頷く。

「さて……その慶印寺の近くの家の女だが……」

お琉は、人喰い虎のような残忍な嗤(わら)いを見せて、

「よし、こうしよう――」

# 第八章　女賊(にょぞく)の臀(しり)

一

（なぜ、千登世(ちとせ)は、秘唇形(ひしんがた)のことを打ち明けてくれなかったのだろう……）

翌朝――うららかな陽光の下、浅草新寺町の田畑の中の通りを歩きながら、松平竜之介(たつのすけ)は考える。

（やはり、羞恥(しゅうち)のためか……まあ、無理もないことだが）

昨夜――倉田夕紀(ゆき)の告白が終わってから、竜之介は改めて三人で愛姦した。

朝実(あさみ)と夕紀の双子姉妹に、男根や玉袋、後門まで舐めさせる。

それから、二人を四ん這(よつば)いにして並べると、交互に背後から秘部を犯したのだ。

美人姉妹は巨根に貫かれて責められ、哭(な)き狂ったことは言うまでもない。

互いに無事に再会したという喜びと、姉妹が同時に竜之介に抱かれるという歓びが、淫らに混ざり合って、二人の悦楽をさらに深くしているのだろう。

その後、三人で風呂に入り、そこでまた激しく媾合して、ようやく眠りについたのである。


(いささか寝不足だな……)

竜之介が欠伸を堪えた時、どこからか桜の花びらが飛んで来た。

ひらひらと優雅に舞いながら、左側の畑の方へ落ちてゆく。

風流を感じながら、竜之介は、隠れ家に辿り着いた。

玄関の格子戸は開いている。夜更けに交代して、今は久八が詰めているはずであった。

「わしだ、上がるぞ――」

そう言いながら玄関へ入った時、竜之介は、廊下に久八が倒れているのを見た。

「おっ」

草履を脱ぎ捨てて、竜之介は久八に駆け寄った。

廊下に血は流れていないから、刺されたり斬られたりしたのではないらしい。

「しっかりしろ。これ、久八っ」

抱き起こすと、久八は目を開いて、

「あ…旦那、済まねえ……千登世様が掠(さら)われた」

呻(うめ)くように言う。

「何だとっ」

竜之介は、久八の軀(からだ)を横たえて、居間へ行った。

そこに千登世の姿はなく、一枚の紙が柱に米粒で貼りつけてあった。

竜之介は、それを手に取る。

越中富山藩下屋敷の裏手にある三本杉の家へ来い、早く来ないと女は死ぬ――

と書かれている。署名はない。

富山藩下屋敷は、ここから西へ数町のところであった。

「千登世を掠ったのは権造(ごんぞう)一家か、それとも慈恩堂昌玄(じおんどうしょうげん)の手下か……」

しかし、それを考えている余裕はない。

「旦那様、どうしました……」

「あっ、久八さんがっ」

玄関の方から、弥助(やすけ)とお蓑(みの)の声が聞こえてきた。

竜之介が居間から出ると、二人が久八を介抱している。

「裸で済まぬが――これで医者を呼んでくれ」

三枚の小判を、竜之介は弥助に渡した。

「へ、へい……旦那様は？」

「わしは、すぐに行かねばならぬところがある」

そう言って、竜之介は家から飛び出した。

二

越中富山藩十万石の下屋敷の裏手――坂本村に三本の松の木がある。

その三本松の脇に、古い空き家があった。

何かの作業場だったらしく、間口が三間あり鉤形の土間が広い。

土間の奥に、四畳半ほどの板の間がある。

その板の間の上がり框に、女が一人、腰を下ろして煙草を喫っている。

商家の女房のような身形で、口元に黒子があった。

「何者か、その方は」

戸口の前に立って、松平竜之介は訊いた。

左右の板戸の蔭に、人の気配がある。

「ふ、ふふ……直に顔を会わせるのは初めてですかね、松浦さん」

女は笑って、煙管の雁首を上がり框の角に叩きつけた。

「あたしゃ、夜叉姫お琉という渡世名で通っている日蔭者です」

「夜叉姫……先頃、御用金を強奪した大神一味を毒殺して、佐渡金を横取りした盗賊だったな。その方が、盗賊の頭目か」

「そうですよ」

お琉は煙管を仕舞いながら、

「しかも、横取りした三万両が贋金だったという……あれは、とんだ狂言でしたね」

「谷中の石置場にあった贋金造りの小屋を襲ったのも、その方どもであったな」

「ええ。あんたに邪魔され、火盗改に囲まれて、手下はみんな捕まっちまった……それでまあ、恨みを晴らしに江戸へ戻って来たわけですが」

「それは逆恨みと申すものだ。いずれにせよ、千登世には何の関わりもない。千登世を返して貰おう」

「そこじゃ、話が遠い。とにかく、お入んなさいな」

「………」

竜之介は、土間に足を踏み入れた。

すると、右側から、女を盾にした無精髭の男が出て来る。

女――早苗の首には、匕首が突きつけられていた。

左側からも、長脇差を構えた団子鼻の男が出て来る。

「縁もゆかりもない娘だが、あんたは女を見殺しに出来ない性分でしょう。腰の物を捨てて貰いましょうかね。否と言うなら――」

お琉がそう言うと、無精髭の男が匕首で早苗を突き刺す真似をする。

「……わかった」

竜之介は、左腰から大小を抜き取ると、屈みこんで土間に置いた。

「これで良いか」

「清松――」

「へい、お頭」

団子鼻の男――清松は長脇差を鞘に納めると、竜之介の背後にまわった。荒縄で、竜之介の両手を縛る。

そして、清松は左側へ戻った。

竜之介が丸腰になって縛られると、土間に、ほっとした空気が流れる。

「武吉(ぶきち)――」

お琉が顎で指図すると、無精髭の武吉は、早苗を板の間の方へ突き飛ばした。

立ち上がったお琉が、その早苗の躯(からだ)を受け止めて、上がり框に座らせる。

「あんたは、ここで大人しくしてな」

「はい、お姉さん……」

早苗は、こくんと頷いた。

「では、千登世に会わせて貰おうか」

「その前に、お前さんに用事がある――」

お琉は匕首を抜いて、竜之介の前に立った。

「大した色男だが、その鼻を削(そ)ぎ落としたら、どんな面(つら)になるだろうかね」

嗜虐的(しぎゃくてき)な嗤(わら)いを浮かべて、お琉は言う。

「早苗、見ていな。大の男が泣き喚(わめ)いて命乞いする有様を、ね」

「………」

竜之介は無言で、お琉を見つめる。

「さあ、覚悟しな――」

お琉は、匕首を彼の鼻に近づけた――その瞬間、彼女の顔が斜(はす)に切り裂かれる。

「ぎゃっ」
匕首を放り出して、お琉は、後ろへよろめいた。
竜之介は、右手の小柄を武吉の方へ投げつけた。
「うわあっ」
左眼に深々と小柄が突き刺さり、武吉は悲鳴を上げる。
その時には、竜之介は片膝をついて、土間の大刀を拾い上げていた。
「野郎っ」
あわてて、清松が長脇差を抜こうとする。
が、その前に、竜之介の刃が抜き打ちでそいつの右腹を斬り上げていた。
そして、竜之介は立ち上がり、武吉を袈裟懸けで斬り倒す。
さらに、逃げようとしたお琉の首の付根に、峰打ちを叩きこんだ。
ものも言わずに、お琉は土間に昏倒する。
二人の男は、すでに息絶えていた。
凄まじい早業であった。
竜之介は、ひゅっと血振した。大刀と脇差を、左腰に戻す。
――この家に近づく前に、人質を盾にとられて丸腰にされることを予想した竜之介は、大刀の小柄を抜いて帯の後ろに差しておいた。

そして、予想通りに後ろ手に縛られると、その小柄を抜いて、気づかれぬように荒縄を切ったのである……。

「早苗と申したな。千登世という女は、どこにおる？」

竜之介は、愕然(がくぜん)としている早苗に訊いた。

前にも、お琉に性奴調教されたお幸という娘を見ているので――より正確に言えば、抱いているので、同じような被害者だと見当がつく。

「し、知りません……私は、この家で待ってろと言われたので……」

怯(おび)えながら、早苗は答えた。

「しかし、千登世が連れて来られたのは知っているだろう」

「はい……その人をお棺(かん)に入れて、どこかに埋めたらしいです。すぐに戻って来たので、この近くだと思いますが……」

「何だとっ」

竜之介は顔色を変える。

つまり、千登世は生きたまま埋葬されたということなのであった。

# 三

松平竜之介は、気を失っているお琉を引き起こして、板の間へ運んだ。

そこにあった紐で、お琉を後ろ手に縛る。

裾前を開き、足を組んで胡座を搔かせると、前のめりに押し倒した。

お琉は、頭と両膝の三点で軀を支える格好になる。

そして、竜之介は、お琉の着物の裾を捲り上げた。下裳も捲る。

年増女の色っぽい臀が、剝き出しになった。

恥毛は火炎型に生えて、肉厚の花弁は赤みを帯びている。

臀の割れ目の奥にある後門は、淡い灰色をしていた。

「う……何の真似だ、これは。縄を解きやがれっ」

目を覚ました夜叉姫お琉は、威勢よく吠えた。

「千登世を、どこへ埋めた」

松平竜之介が尋ねる。

「早苗、喋ったね……」

お琉は早苗を睨みつけた。

右頬から鼻筋を通って左頬に斜めに浅く斬り裂かれ、そこから血が滲み出しているので、凄まじい形相であった。

「ひっ」

早苗は、竜之介にすがりついた。

「跪け」

竜之介が短く命じた。時間が惜しい。

「は、はい……」

素直に、早苗は彼の前にしゃがこんだ。

竜之介は若竹色の着物の前を開いて、肉根を摑み出す。

「咥えろ、しゃぶるのだ」

「こうですか……」

戸惑いながら、生まれて初めて、早苗は男根を咥えた。竜之介は腰を動かして、早苗の口に男根を出没させる。

「ちきしょう、見せつけやがって」

自分が同性愛調教した娘が、男の生殖器をしゃぶっている有様を見て、お琉は悔しげに言った。

竜之介の男根は、雄々しく勃つ。その偉容を見て、

「凄い……宗吉（そうきち）さんの倍もある……」

早苗は驚いていた。

竜之介は、唾液に濡れた巨砲の先端を、お琉の臀に近づけた。

「お琉、もう一度訊く。千登世を、どこに埋めた。目印があるだろう」

「ははは。そろそろ、息が詰まる頃さ。土の下で、苦しみ藻掻（もが）きながら死んでいくんだ……惚れた女を助けられなくて、残念だったね。様（ざま）ァ見やがれ」

お琉は、毒々しく嘲笑（あざわら）った。

「左様か――」

竜之介は、男根の先端を女賊の排泄孔に押しつけた。

「え……」

訝（いぶか）るお琉の臀の孔に、いきなり、石のように硬い巨根がねじこまれる。

「～～アアアァっ‼」

喉も裂けんばかりに、お琉は絶叫した。

小伝馬町（こでんまちょう）牢屋敷の役人が女囚を凌辱（りょうじょく）するために考案した――という〈座禅転が

し〉の姿勢で、竜之介はお琉を犯す。

後門括約筋の収縮が凄まじい。圧倒的な質量で、竜之介は突いて突いて突きまくる。

「やめろ、死ぬ……死んでしまうっ」

お琉は悲鳴を上げた。

「千登世はどこだ」

「それは……うぎゃあァァっ」

「白状せねば、こうだ」

竜之介は、情け容赦なく突き入れた。

「お願い、やめて……言う、言うから助けてぇっ」

必死で、お琉は命乞いした。早苗は白けた顔で、それを見ていた。

「早く言えっ」

非情にも、竜之介は力強く責めを続ける。

「家の南側だよ……竹の棒が差してある……痛い、痛い…もう、勘弁してぇえっ」

お琉は、幼児のように泣きじゃくった。

ずぽっと音を立てて、竜之介が男根を引き抜く。

脇から、桜紙を取り出した早苗が、その男根を拭った。
お琉の後門は、ぽっくりと口を開いたままである。
竜之介は土間を見まわして、隅に鍬が立てかけてあるのに気づいた。
手早く身繕いすると、その鍬を持って家から飛び出す。
早苗も板きれを手にして、付いて来た。
家から三、四間、離れたところに、二尺ほどの長さの竹の棒が突き立ててある。
そこだけ、周囲とは違って土の色が濃い。
「ここかっ」
竜之介は鍬を振るって、そこを掘り返した。
土が軟らかいので、ここで間違いないようである。
早苗も、板きれを使って、掘り返すのを手伝う。
すぐに、鍬の先端が何かに当たった。
竜之介が両手で土を除けると、丸い座棺の蓋が見えて来る。
「よしっ」
蓋を取るのももどかしく、竜之介は、鍬の柄の先端で蓋を突き割った。これで、
座棺の中に空気が入るだろう。

「千登世、無事かっ」

竜之介が叫ぶと、中から「う……」という呻(うめ)き声が聞こえた。

「生きていてくれたか……」

安堵した竜之介は、鍬の先で座棺の周囲の土を取り除く。そして、蓋を取り去った。

猿轡(さるぐつわ)を噛まされ縛られた千登世が、座棺の中に押しこめられている。

竜之介は両腕を伸ばして、千登世を引き摺り出した。小柄で、猿轡と縄を切ってやる。

「た…竜之介様……」

千登世は、ぐったりと男の胸に倒れこんだ。

「良かった……良かったな、千登世」

竜之介は、その背中を優しく撫でてやる。

羨(うらや)ましそうに、早苗がその様子を見ていた。

「千登世は真っ暗な中で……竜之介様が、必ず助けに来て下さる…そう信じていました……」

切れ切れに、千登世は言った。

「よし。立てるか――」

竜之介は、そっと千登世を立たせた。早苗も手伝う。

そして、三人は、元の家へ戻った。

「むっ」

竜之介は、千登世の軀を早苗に預けた。

板の間にお琉の姿はなく、解かれた紐だけが残っている。

用心しながら、竜之介は、土間へ足を踏み入れた。

屋内に、人の気配はない。手招きで、早苗と千登世を呼びこむ。

板の間へ行ってみると、そこに血で書かれた文字が残っていた。

「これは……」

おぼえてろ――とある。縄抜けしたお琉の復讐予告であった。

四

「旦那、申し訳もございませんっ」

梓屋(あずさや)の権造は、平蜘蛛(ひらぐも)のように這(は)い蹲(つくば)っていた。

その脇で、頭に晒し布を巻いた代貸の佐之助も、平伏している。

松平竜之介が千登世を救出した頃、雑司ヶ谷にある慈恩堂の寮――その客間であった。

「何度も何度も失敗を致しまして……あっしもこいつも、頭を丸めて旦那にお詫びしようか、と」

「坊主頭が三人揃っても、不景気なだけだよ」

昌玄は、薄い笑みを浮かべる。

「で、松浦の家にいた男装の女剣士のことだが――もう少し詳しく」

「へ、へい……」

佐之助は顔を上げて、思い出せる限りのことを喋った。

「なるほどね」

広い庭に目を向けると、昌玄は考えこんで、

「そうか……それで、鬼夜が戻らぬ理由がわかった」

「何と仰いました？」

「いや、こっちのことだ」

昌玄は、権造の方へ向き直る。

「親分。急いで、腕の立つ浪人者を集めてくれ」

「浪人者……用心棒でございますか」

「わしの勘では、ここ数日の間に押しこみが来る」

鬼夜こと倉田夕紀は松浦竜之介に捕らえられたに違いない、そして男装の女剣士は夕紀の実姉の朝実だろう——昌玄は、そこまで読んでいた。

夕紀を縛っていた暗示が解けたらしいことは、昨夜から何となく感じている。

すると、この寮に秘唇帖があることも、松浦浪人に知られただろう。

さらに、田崎家で娘の多代に付いていた早苗という女中が行方知れずになったことも、耳に入っている。

こちらの件は、松浦浪人とは関わりないようだから、別の勢力が存在しているのだろう。

そして、早苗は死んだ多代から秘唇形の存在を聞いている可能性が高い。

すると、二つの敵が秘唇帖を狙っている——と考えられるのだ。

「この寮に押しこみが……ははあ」

権造には何のことだか、わからない。

「五人……いや、十人は必要かな」

昌玄は、床の間に置いてある手文庫から小判の包みを四個取り出して、それを権造の前に置いた。

「これを、浪人たちの手付け金にしてくれ」

「承知致しました。このご時世ですから、江戸には浪人者は掃いて捨てるほどおりますんで」

権造は、百両の小判を押し頂いて、

「今日明日中には、集めて連れて参ります」

「うむ、頼むよ」

頷きながら、志村弾正(だんじょう)にも相談した方が良さそうだ――と慈恩堂昌玄は考えていた。

# 第九章　秘唇帖争奪

## 一

その駄菓子屋は、間口一間の裏店であった。

狭い店の中では、数人の子供たちが銭を握り締めて、真剣に品物を選んでいる。

土間に置かれた台に並んでいるのは、一文か二文という安い菓子ばかりだ。

その値段だから、高価な白砂糖ではなく、安い黒砂糖や飴で甘みを付けている。

奥の三畳間に座っている主人は、白髪頭の老爺であった。

まるで干物のように痩せて、皺だらけの顔である。年齢は、とっくに六十を超しているだろう。

老爺の脇にある火鉢には鉄瓶が置かれて、白い湯気を上げている。

その子供たちが菓子を買って出て行くと、入れ替わりに、若竹色の着流し姿の武士が入って来た。

「なんぞ、御用で」

老爺は突っ慳貪に言う。

「うちには、お侍様のお口に合うような高級なものは、ございませんが」

「いや――」

松平竜之介は微笑して、

「疾風小僧という菓子を所望だ」

「……」

しばらくの間、老爺は竜之介を見つめて、

「町奉行所の隠密廻りの旦那にしては、少しばかり上品すぎるようだが」

「わしは、寅松の知り合いでな。そなたに頼みがあって、やって来たのだ」

この老爺――は、かつては疾風小僧の名で世間を騒がせた盗賊である。

十数年前に足を洗い、今は本郷で駄菓子屋を営んでいるのだった。

親に貰った名はとっくに忘れたが、今の名は伊助という。

「まあ、上がんなせえ」

伊助が脇へ退くと、その背後に二階に上がる階段があった。

「邪魔するぞ」

大刀を腰から抜いて、竜之介は三畳間に上がった。

入れ替わりに、伊助は土間に下りる。そして、表の戸を閉めた。

駄菓子を買いに来た子供は、さぞかし、がっかりすることだろう。

午後の陽射しが射しこむ店の二階は六畳間で、古びた簞笥などが置いてある。

階段を上がってきた伊助は、下で淹れた茶を、竜之介の前に置いた。

「断っとくが、あっしは、もう堅気ですよ。何より、この年齢じゃ軀が利かねえ」

「しかし、江戸で一番の盗みの名人だと聞いた」

「あの若造、碌なことを言わねえな」

伊助は苦笑いした。満更でもない様子である。

「言い忘れたが、わしは——松平竜之介という」

「松平……」

「とにかく、話だけでも聞いて貰いたい」

竜之介は慈恩堂昌玄と万寿講のこと、そして、鬼夜の辻斬りのことや夜叉姫お琉のことも、洗いざらい話した。

救出した千登世（ちとせ）と早苗（さなえ）は、阿部川町の家に置いてある。

倉田姉妹がいるから、竜之介が留守でも心配はないであろう。

「ふうむ……」

無言で聞いていた伊助は、竜之介を見つめて、

「お侍。それはみんな、本当のことでしょうね」

「無論、真実（まこと）だ」と竜之介。

「わしは世間では松浦竜之介と名乗っているが……話の前に本名を明かしたのも、命賭けの役目を頼むのに、そなたに隠し事をしたくなかったからだ」

「命賭けときましたね」

「うむ」

竜之介は、夕紀が描いた慈恩堂の寮の見取り図を取り出して、伊助の前に置く。

「この寮のどこかに隠してある秘唇帖を、盗み出して貰いたい。借金証文も一緒に。この屋内土蔵が怪しいが」

「………」

「だが、昨夜、鬼夜こと倉田夕紀（ゆき）が寮に戻らなかったから、昌玄は用心して、手勢を集めるだろう」

「こっちは、吉良邸に討ち入る赤穂浪士みたいなもんですな」

伊助は笑う。

「面白い、引き受けましょう」

「やってくれるか」

竜之介は愁眉を開いた。

「女を泣かせて金を搾り取るという昌玄の遣り口が、気にくわねえ。久しぶりに、この爺ィの軀が熱くなって来ましたよ」

最初の態度とは裏腹に、親しげに言う伊助であった。

「しかし、一応、寮の下見をしなくちゃならねえが……夜叉姫お琉も狙っているとしたら、あいつらは今夜にでも押し入るかも知れませんよ」

「いや、どんなに早くても、お琉が押し入るのは明日の晩以降だろう」

「なぜです、今夜は十二夜月で明るいからですか」

「いや……さっき、千登世を生き埋めにした場所を、お琉に白状させたと言ったな」

竜之介は、座禅転がしでお琉の裏門を犯して責め問いしたことを説明した。

「だから、お琉は少なくとも、今夜は動けぬだろう。わしは、先を越される心配はないと思う」

「へへえ、こりゃまあ……」

伊助は呆気にとられていたが、ふと首をひねって、

「待てよ。松平というのは、公方様の一族しか使用できない姓じゃありません
か」

「そうだ」

松平竜之介は言った。

「わしは、元は遠州鳳藩の嫡男でな。今は桜姫の夫で、形の上では上様の婿と
いうことになる」

「…………」

伊助は口を開けたまま、言葉が出ないようであった。

二

「ほれ、あそこ。隅の卓で呑んでる浪人ですがね。この辺じゃ新顔ですが、三沢
匠馬といってかなり遣うそうですよ」

深川万年町の居酒屋の戸口の近くで、佐之助が囁く。

「よし、俺が話してみよう」

権造は、貫禄があると自分だけが思っている勿体ぶった歩き方で、居酒屋の土間へ入った。

「これは親分さん、いらっしゃいまし」

店の親爺が、卑屈に頭を下げる。

「おう――繁盛で結構だな」

適当なことを言ってから、権造は隅の卓へ行って、

「御免なさいよ」

三沢匠馬の向かい側に座った。

「………」

三沢浪人は顔も上げず、返事もしない。年齢は四十前だろう。

相手に無視されて、むっとした権造だが、気を取り直して、

「御浪人さん。お近づきのしるしに、酌をさせてくだせえ」

卓上の徳利を取り上げる。

その瞬間、三沢浪人の腰間から刃が閃いた。

抜き放った脇差を、すっと鞘に戻す。

「……？」

何が何だかわからないまま、権造は、三沢浪人の猪口に酒を注ごうとした。

と、徳利の半ばが斜めに割れて、下半分が卓に落ちる。

三分の一ばかり残っていた中身の酒も、卓に零れ落ちた。

三沢浪人が脇差居合で、徳利を切断したのである。

「ひえっ」

思わず、権造は立ち上がって、後退った。

「おい――」

顔を上げて、三沢浪人は権造を見る。昏い眼差しであった。

「どうせお前も、俺の腕を値踏みに来た碌でなしだろう。俺は浪人に成り立てで、まどろっこしい駆け引きは嫌いだ。幾ら出すつもりか、言ってみろ」

「へ、へい……」

徳利の上半分を持ったままで、権造は、ひょこひょこと頭を下げた。

「前金で二両、後金で三両で如何でしょう」

慈恩堂昌玄から百両を預かった権造は、十人の浪人を一人当たり五両で雇って、半分の五十両を懐（ふところ）に入れるつもりであった。

「安い」

言下（げんか）に、三沢浪人は言う。

「前金五両、後金十両、計十五両なら、話に乗るぞ」

「……では、それでお願いします」

雇う浪人は七人に減らそう――と思いながら、権造は渋々承知した。

## 三

愛宕下（あたごした）にある新番頭・伊東長門守保典（やすのり）の屋敷を、松平竜之介が訪れたのは、その日の宵（よい）の口であった。

「竜之介様――ただ事ではないようですな」

型通りの挨拶が済んでから、長門守は竜之介の顔色を見て言った。

「うむ。また、愉快ではない話を持って来たのだ」

「この長門守、覚悟して拝聴致しましょう。竜之介様がそう仰（おっしゃ）るなら、天下の静謐（せいひつ）に関わる大事でしょうから」

家禄二千二百石の伊東長門守は、現将軍の家斉（いえなり）が最も信頼する側近である。

そして、これまで何度も竜之介に協力して、徳川幕府を揺るがす大事件の解決に関わってきた。

この二人は、まさに「肝胆相照（かんたんあいて）らす仲」と言っても良い。

「実は、万寿講というものがあって――」

竜之介の説明を聞き終わった伊東長門守は、何とも言えぬ顔つきになって、

「それは……」

絶句してしまう。

旗本や大名の妻や娘が、富裕な町人に軀（からだ）を売っている――身分制度の根幹を揺るがす大事件であった。

「いや、そうか……それでわかりました」

「わかった、とは？」

「本日、板垣藩主で若年寄筆頭の堀江右京亮（うきょうのすけ）様から、病（やまい）を理由に御役を退（ひ）きたいという申し出がありました」

「ふうむ……」

堀江右京亮の正室で、旗本・田崎家の娘である多代（たよ）は、一昨昨日（さきおととい）、「急死」し

ている。

元は多代付きの女中であった早苗は、夫の堀江右京亮が多代を手にかけた――と信じていた。

「それで、水野越前守様が内々に理由を問い質したところ……堀江様は、病死ということにしたが、実は奥方が喉を突いて自害した――と打ち明けたのです」

「自害……手討ちではなく、奥方は自害したと？」

「はい」と長門守。

「嫡男を産んでから産後の肥立ちが思わしくなく、気鬱の病に取り憑かれ、それが悪化して自害したのだろう――と」

しかし、妻の自害を防げなかったというのは明らかに家中不取締、そのように至らぬ自分には若年寄筆頭のような大役は務められない――というのが、堀江右京亮の申し出であった。

「奥方が自害したのは、秘唇形のことを夫である堀江殿に知られたからではないかな」

「それなら得心がいきますが……しかし、昌玄はどうして、秘唇形のことを堀江様に告げたのでしょうか」

「そこだ、わからぬのは」

竜之介は少し考えてから、

「長門殿。申し出通りに堀江殿が御役を退いたら、誰が次の若年寄筆頭になるのだろうか」

「そうですなあ……年功序列で行きますと、浅山藩主の志村弾正様でしょうか」

「志村弾正……」

竜之介は、目を見張った。

「どうか、なさいましたか」

「多代殿の自害には、志村弾正が絡んでいるかも知れぬ」

「どうして、そのように思われます？」

「浅山藩の上屋敷に、和泉伝蔵という用人がいる」

竜之介は、懐から紙を取り出して、それを長門守に渡した。

それは、弟子田楼内が描いた坂巻平三郎の似顔絵であった。

「早苗によれば、その和泉伝蔵はこのような顔立ちだそうな」

竜之介は、今井千登世と早苗を、駕籠で阿部川町の家に連れて来た。

そして、倉田姉妹に事情を説明し、さらに千登世と早苗に姉妹のことを話した。

その時、坂巻平三郎の似顔絵を見せると、早苗が「この方、見たことがあります」と言い出したのである。

里帰りをした多代が、早苗を連れて回向院に参詣した時、たまたま和泉伝蔵に出逢って、挨拶をされた。

「早苗。あの者は和泉伝蔵といって、志村藩の用人ですよ。うちの殿様が、大した利け者だと仰っていました」

そのように教えてくれたので、伝蔵の顔を覚えていたのである。

「浅山藩上屋敷用人の和泉伝蔵が、倉田姉妹の父母の仇敵である大悪党の坂巻平三郎……」

「堀江右京亮殿を陥れれば、若年寄筆頭の地位が自分に転げこむ――志村弾正が、そう考えても不思議ではない。このような胡乱な用人をかかえている人物だからな。これで、慈恩堂昌玄が弾正の屋敷に出入りしていれば、ほぼ間違いあるまい」

「全くもって論外な事件で……」

長門守は、額に手を当てた。

「御用金事件の佐渡奉行、寺社奉行に続いて、若年寄の中にも悪に手を染めた者がいると知ったら……上様は、さぞ嘆かれるでしょう」

「まことに……」

竜之介も溜息(ためいき)をついたが、

「だが、我らが今なすべきことは、秘唇帖を絶対に夜叉姫お琉に渡さぬこと」

「そうですな」

「疾風小僧の伊助の下調べが済んだら、明日の夜にも忍びこんで貰うつもりだ。わしは、寮の外で待つ。伊助に何かあったら、その時は寮に飛びこむつもりだ」

「なるほど」

伊東長門守は頷いた。

「秘唇帖と借用証文さえ手に入れてしまえば、後のことは町奉行所に任せる――これで、どうであろうか」

「結構ですな」

「志村弾正が何らかの裁きを受けて、用人の和泉伝蔵が屋敷を追放されたら、わしが見届け人となって倉田姉妹に仇討(あだう)ちをさせる」

「はい、それが宜(よろ)しいでしょう」

それから長門守が、

「竜之介様──千登世と早苗の両名は、銅右衛門の屋敷に預けては如何ですか」

加納銅右衛門は長門守の実弟で、家禄千石の加納家に養子に入っている。

江戸城大奥を魔薬で染めようとした三日月城事件では、竜之介に力を貸してくれた好漢であった。

「倉田姉妹は自分で身を守れますが、その両名は、また悪者に掠われないとも限りません」

「そうだな。では、お言葉に甘えて、そのようにしていただこうか」

竜之介も頷く。

「では今、弟に文を書きますので、暫時、お待ちを」

伊東長門守は手を打って、

「誰ぞある──竜之介様に、酒肴の膳をお持ちするのだ」

四

次の日の夜更け──八百坪を越える慈恩堂の寮には、三沢匠馬を長とする十一名の浪人組が詰めていた。

さらに、昌玄の要請で、浅山藩上屋敷から八名の家臣が派遣されていた。

その家臣組の長は、和泉伝蔵である。

広い庭には篝火(かがりび)がたかれて、戦場(いくさば)のような雰囲気である。浪人組は二人ずつ組んで、庭と塀の外を巡回していた。

「――伊助は大丈夫かな」

裏木戸に近い木立の中で、松平竜之介が呟(つぶや)く。

「年齢(とし)はとっても、伊助さんは場数を踏んでますから」

脇から、寅松が言った。

「何かあったら、すぐに逃げ出しますよ」

二人のそばには、倉田姉妹が蹲(うずくま)っている。

朝実も夕紀も、額に鉢金(はちがね)を付けて襷掛(たすきが)けをし、袴(はかま)の股立(ももだ)ちを取っていた。

伊助の下調べで、寮の中に和泉伝蔵こと坂巻平三郎がいると知ったので、竜之介は倉田姉妹を連れて来たのだ。

疾風小僧の伊助が秘唇帖と証文を首尾(しゅび)良く手に入れたら、和泉伝蔵を呼び出して堂々と仇討ちをするつもりであった。

「姉上……早く父上と母上の墓前に報告をしたいですね」

「うん、お祖父(じい)様も喜んで下さるだろう」

姉妹が、そう囁(ささや)き合った時——突如、脇木戸の方で絶叫が上がったのだ。

「見てきますっ」

寅松が繁みから飛び出して、そちらへ走った。そして、すぐに戻って来て、

「大変だ、旦那。黒装束のお琉一味が、寮に押しこんでる。総勢三十人以上、いますぜ」

「しまった。中で斬り合い殺し合いになったら、伊助が危ない」

竜之介は、倉田姉妹の方を向いて、

「わしは寮に飛びこむが、そなたたちは様子を見るのだ。和泉伝蔵と立ち合う前に怪我をしては、つまらぬぞ」

「はい」

「わかりました」

朝実と夕紀は頷いた。

「くそっ、三沢さん。盗人(ぬすっと)どもは、打根(うちね)を使っていやがる」

藤村丑之助(うしのすけ)という浪人が、三沢匠馬に報告した。

「長脇差や匕首で突っかかって来るなら、案山子のように斬り倒してやるが、離れたところから打根を投げて来るんだから始末が悪い」

「わかった、俺も出よう」

母屋の浪人組と家臣組の合同詰所にいた三沢匠馬は、立ち上がった。

「和泉さん。俺は庭へ出るから、母屋を頼みますよ」

「お任せ下さい」

和泉伝蔵は丁寧に頭を下げて、三沢浪人を見送った。

それから、緊張のあまり蒼ざめている家臣組の七人の方に目をやり、胸の中で舌打ちをする。

「では、手筈通りにそれぞれの持ち場につけ。焦って、同士討ちはするなよ」

中庭に出た三沢匠馬と藤村浪人は、打根が太腿に刺さって倒れている浪人を見つけた。

その打根は枝の長さが一尺、穂先が五寸で、柄の後端に四間ほどの長さの紐が付いていた。

柄を持てば短い手突鑓にもなるし、弓矢代わりに相手に投げつけて、外れたら紐で引き戻すことも出来る——という厄介な武器であった。

倒れていたのは、松岡市兵衛という浪人で、

「すまん、三沢さん……盗人は斬り倒したが、相討ちでこの様だ」

「松岡、よくやった。藤村、打根を抜いて血止めしてやってくれ。太い血の管を傷つけると血が止まらなくなるから、気をつけろ」

「わかった」

「俺は盗人の頭を探す。頭さえ叩き斬れば、こいつらは逃げ出すだろうからな」

そう言って、三沢浪人は駆け出した。

あちこちで乱戦になっているので、走りながら二人の盗人を斬った。致命傷でなくても、後は他の浪人が始末してくれるだろう。

「待ちな」

逞しい肉体の男が、三沢浪人の前に立ち塞がった。

叩かれ屋をやっていた甚六である。脇に、太い丸太をかかえこんでいた。

「おめえ、強いな。だが、丸太よりは弱いだろう」

「面白い、試してみるか」

三沢浪人は、静かに正眼にとる。

甚六は、丸太を構えて、

「くたばれっ」

相手の頭部めがけて、斜めに叩きつけた。

三沢浪人は、姿勢を低くして横へ跳ぶ。

甚六は追い打ちをかけて、さらに丸太を振るった。

それも跳び退がってかわした三沢浪人は、着地するや、隼のように相手の左脇へ飛びこんだ。

「わっ」

左の脇腹を断ち割られて、甚六は両膝を地面に突いた。

脇を飛び抜ける時に、三沢浪人は逆手で抜いた脇差で、斬りつけていたのだ。

「う、うう……」

大量に血を流しながら、甚六は、丸太を持ち上げようとした。

その頭部に、三沢浪人は、右手の大刀を振り下ろす。

血まみれになった甚六は、「姐御……」と呟いて、絶命した。

血振して大小を納刀した三沢浪人は、ふと池の方を見て、そちらに走る。

そこに、若竹色の着流し姿の武士がいた。

「松浦竜之介……見つけたぞ」

「その方は何者か」

「元は谷崎藩の剣術指南役、三沢匠馬だ。貴様の讒言のせいで、殿は切腹させられ藩は取り潰しになったと聞いた。今ここで、殿の無念を晴らすぞっ」

三沢匠馬は、慈恩堂昌玄から松浦竜之介が来ると、聞いていたのだった。

「讒言ではない。稲葉甲斐守は、許されぬ罪状があったので、切腹を申しつけられたのだ」

甲斐守は、両性愛者の夜叉姫お琉に被虐奴隷として調教されて、御用金横取りの片棒を担いだのだから、その罪状が伏せられたのは当然であった。

「黙れ、抜けっ」

三沢浪人は、大刀を引き抜いた。竜之介も、抜刀する。

二人は正眼で対峙したが、すぐに三沢浪人が大上段に振りかぶり、突進した。

振り下ろされた大刀を、竜之介が十文字で受け止める。

その瞬間、三沢浪人は左の逆手で脇差を抜いて、竜之介の腹部を斬り裂こうとした。

が、金属音がして、脇差が停止した。

見ると、竜之介も左の逆手で脇差を抜いて、三沢浪人の脇差を受け止めている。

「ちっ」

三沢浪人は、跳び退がって態勢を立て直そうとした。

が、それよりも早く踏みこんだ竜之介の大刀が一閃する。

血飛沫を噴いて、三沢浪人は倒れた。

「どうして……俺の脇差を受け止められたのだ……」

苦しい声で、三沢浪人は問う。

「その方の左手が大刀の柄から浮き気味だったので、逆手脇差を遣うだろうと見抜いたのだ」

「むむ……不覚………」

三沢匠馬は、がっくりと首を垂れた。

「………」

竜之介は納刀すると、三沢浪人に向かって片手拝みする。

「旦那――っ」

寅松が、駆け寄って来た。

五

「おっと、爺さん。懐のそれを貰おうか」

屋内土蔵から廊下へ飛び出して来た疾風小僧の伊助の前に、夜叉姫お琉が立ち塞がった。

二人とも、黒装束だ。

「おめえか、お琉とかいう外道は」

土蔵の壁に作られた隠し物入れから、秘唇帖と借金証文を見つけ出した伊助なのである。

「裏稼業に、外道もお釈迦様もあるもんか」

顔面に斜めの傷が入ったお琉は、せせら笑って匕首を構えた。

「むむっ」

伊助も匕首を構えたが、刃物を遣うのは得意ではない。

それを見抜いたお琉は、右と見せかけて、左へ飛びこんで匕首を振るう。

「わっ」

左肩を斬り裂かれた伊助が倒れた拍子に、秘唇帖と紙帯で束ねられた証文が廊下に落ちた。

お琉はそれを拾い上げて、

「頂戴するよ、爺さん。命だけは助けてやる」

そう言って身を翻した時、

「あっ」

いつの間にか、修験者の姿をした昌玄が、そこに立っていた。

「おい、女……わしの眼を見ろ」

その両眼が、妖しく光る。

「え」

お琉は、いつの間にか自分の軀が固まったような感覚に陥っていた。

「その匕首で、自分の喉を突くのだ……やれ」

「う……」

お琉の右手が勝手に動いて、匕首の先端が喉に近づく。

「駄目、駄目だよ……厭だ」

そう言いながらも、自分の右手を止めることが出来ない。お琉は絶望的な表情になった。

その刹那、

「鋭っ！」

廊下全体を振るわせるような気合が、お琉に叩きつけられた。

昌玄の背後から、松平竜之介が発した気合である。

「ああっ」

暗示が解けて右手が自由になったお琉は、匕首を投げ棄てた。

昌玄は振り向いて、竜之介を見据える。

「その風体……貴様が松浦竜之介だな」

「昌玄、貴様の悪行も今日が最後だ」

抜刀した大刀を左脇構えにして、竜之介は言った。

「黙れ。わしの験力で、貴様も自害させてやる」

錫杖を手にして、昌玄は踏み出した。

「………」

竜之介は顔を背けて、昌玄を直視しない。

「わしを見なければ良いと思っているのか。では──」

柄(つか)の部分を捻(ひね)ると、錫杖の先端から刃先が飛び出して来た。

「これで、一突きにしてやる。わしを見なければ、かわせまい」

そう言って、昌玄は突進した。

が、竜之介は顔を背けたままで、大刀を片手薙(な)ぎにした。

「がっ」

錫杖を切断されて、胸元を斬り上げられた昌玄は廊下に倒れた。

「なぜ……見もしないで……」

「脇構えにした刃(やいば)に、その方の姿が映っていた。直視しなければ、その方の術は効かぬようだな」

「何ということだ………」

昌玄の両眼が水っぽくなり、息絶えた。

竜之介は立ち竦(すく)んでいるお琉を見て、

「お琉。その秘唇帖と証文を渡せ。そうすれば、死罪を免(まぬが)れて遠島で済むように頼んでやる」

「う、う……」

命の恩人である竜之介の言葉に、お琉は動揺したが、欲が勝ったらしく踵(きびす)を返して逃げ出した。

が、その直後に、

「ぎゃあっ」

悲鳴を上げて、お琉の軀は土蔵の壁に叩きつけられた。

血まみれになったお琉から秘唇帖と証文の束を取り上げたのは、和泉伝蔵である。

「これで貴様らを斬って、これを我が物にすれば、大名や旗本の急所を握って栄耀栄華は思いのままだな」

「浅山藩上屋敷用人、和泉伝蔵だな」

「そうだ」

「そのように上手くはいかぬ。後ろを見ろ」

「なに？」

伝蔵が振り向くと、そこに倉田朝実と倉田夕紀の姉妹が立っていた。

「坂巻平三郎、我ら姉妹に見覚えがあろうっ」

「倉田家の朝実と夕紀が、父母の仇敵を討つぞ」

二人は、堂々と叫んだ。

「小賢しい、返り討ちにしてくれるわ」

伝蔵は、廊下から座敷へ移った。そこは襖を払ってあるので、三十畳の広さがある。

「寅松、伊助の手当を頼む」

「へいっ」

廊下の角に隠れていた寅松が、飛び出して来る。

竜之介は、倒れ伏しているお琉に近づいた。

白い首筋に触れたが、もう、脈は感じられない。

「愚かな奴……」

竜之介は、片手拝みする。そして、座敷へ入った。

倉田姉妹は苦戦していた。

伝蔵の剣は、重く鋭いのだ。二人を同時に相手にしても、怯む様子はない。

「朝実、夕紀っ」竜之介は叫んだ。

「今こそ、あの太刀を遣うのだっ」

それを聞いた姉妹は、はっと顔を見合わせる。そして、襷を解いた。

小袖と肌襦袢から腕を抜いて、二人とも諸肌脱ぎになる。

「何だ、それは。姉妹で色仕掛けか」

伝蔵は嗤ったが、二人は並んで下段にとった。

そして、ほぼ同時に左足で踏みこみながら、下段の剣を軀の右側面で回す。

上半身が裸で着物の抵抗がないから、その動きは迅かった。

朝実の剣が頭上に振り下ろされたので、伝蔵は大刀で受け止めた。

が、次の瞬間、夕紀の剣が振り下ろされて、伝蔵の左肩を斬り裂く。

「ぐわっ」

伝蔵は、朝実の剣を外して、後ろへよろけだ。

そこへ、朝実の剣が振り下ろされる。

顔面を真っ二つに割られた和泉伝蔵こと坂巻平三郎は、獣のように呻いて仰向けに倒れた。

「ふたり円心の太刀、お見事っ」

竜之介が祝福すると、姉妹は大刀を背中にまわして、片膝を突いた。

「何もかも竜之介様の――」

「竜之介様のお蔭でございます」

二人は涙声で言う。

「うむ……」

頷いた竜之介は、息絶えた平三郎の懐から、秘唇帖と証文の束を取り出す。

そして、庭へ下りた。

すでに、浪人組と家臣組、お琉一味は、ほとんどが死ぬか重傷を負っているらしく、斬撃の音は絶えている。

竜之介は中身も見ずに、篝火に秘唇帖と証文の束を投げ入れた。

「旦那……いいんですかい」

やって来た寅松が、心配そうに言う。

「わしが責任をとる。こんなものは、世の中にない方がいいのだ」

竜之介がそう言った時、複数の呼子笛の音が響き渡った。

打ち合わせ通りに、北町奉行所の与力の小林喜左衛門と同心の高木弘蔵が、捕方を率いて乗りこんで来たのだ。この後、大目付の調べもあるだろう。

松平竜之介は、青山で待っている三人妻と花梨の顔を思い浮かべて、

（わしは、また生き延びたぞ……）

そう語りかけるのだった。

# 六

それから、三日が過ぎた。

十五夜の満月が、地上を銀色に照らし出している。

阿部川町の家の寝間では、仁王立ちになった全裸の松平竜之介に、これも全裸の四人の女が口唇奉仕をしていた。

「ああ…竜之介様ァ……」

「犯してくださいまし……」

「淫らな牝犬（めすいぬ）がご奉仕を……」

「んん……美味（おい）しゅうございます……」

倉田夕紀は巨根の先端を咥（くわ）え、朝実は長い茎部に舌を這わせている。

そして、早苗は、重く垂れ下がった玉袋を舐めまわしていた。

今井千登世は男の臀部（でんぶ）に顔を埋めて、排泄孔を舐めしゃぶっている。

生き埋葬から救出された後、「秘唇形のことをお話ししたら、竜之介様はわたくしを軽蔑なさるかと思って……それが怖かったのです」と詫びた早苗であった。

　慈恩堂の寮で見事に両親の仇討（あだう）ちを果たした倉田朝実と夕紀の姉妹は、明日、信州佐久郡（さくごおり）望月の屋敷へ帰ることになった。

　だから、今夜は、送別会の五人愛姦なのであった。

　今井千登世も早苗も、明日は、それぞれの屋敷へ戻ることになっている。

　間接的に多代の仇敵（かたき）討ちを果たした早苗のことは、田崎家の人々も喜んでいるという。

　雑司ヶ谷（ぞうしがや）の大捕物の真っ最中に、疾風小僧の伊助は駕籠（かご）で弟子田楼内（でしだろうない）の家へ運ばれて、手当を受けた。幸いにも、左肩の傷は浅手だったそうだ。

　お琉の手下に殴り倒された久八も、大した怪我ではなく、今は元気になっている。

　食中（しょくあた）りで寝こんでいた由造（よしぞう）も、ようやく全快したが、「肝心な時に何の働きも出来なくて、竜之介様に申し訳ない」と嘆いているという。

　大目付の調査の結果——慈恩堂昌玄に堀江右京亮の失脚工作を依頼した志村弾正は切腹、妻子は親族に預けられ、浅山藩は弾正の舎弟が継ぐことになった。

　そして、不幸にも愛妻を失った堀江右京亮は、将軍家斉の強い勧めによって、若年寄筆頭に留任することになった。

無論、慈恩堂は闕所で、その数万両の身代は町奉行所が没収する。

権造一家も全員が捕縛されたから、死罪か遠島になるだろう。

夜叉姫お琉の一味は、ほとんどが死亡か瀕死の重傷を負った。

一人だけ無傷だった早耳屋の干支吉は、寮の後架に隠れているところを、高木同心に捕まった。罪状がはっきりすれば、軽くても遠島だろう。

そして、連続辻斬り事件だが、それを働いたのは鬼夜という鬼面の娘なので、倉田夕紀とは関わりなし――という裁きになった。

竜之介が伊東長門守に頼んで、老中筆頭・水野越前守から北町奉行に内々に「彼の娘の件に配慮を」と言って貰ったのだった。

なお、鬼剣の犠牲となった八人を再調査したところ、商人の一人が薬種問屋〈橋本屋〉の主人とわかった。

昌玄が死んでしまったので真相不明だが――おそらく、商売の邪魔である橋本屋長右衛門を殺害するために、他の七人は偽装で殺して、腕試しの無差別連続殺人に見せかけたのであろう。

崖から落ちた倉田夕紀を見つけた時に、彼女が男以上の兵法者であったことから、昌玄は、辻斬りに偽装して橋本屋を始末する策を思いついたのではないか。

そして、昌玄を検屍した結果、おそらくは修験者の頃のものだろうが、猪の鋭い牙で生殖器を斬り裂かれた古疵があった。

そのために、男としての機能を喪失していたのである。だから、妻帯もせず、吉原遊廓にも行かなかったのだろう。

女に対する屈折した感情があったので、武家の妻女相手の高利貸しを始めたのかも知れない。

また、昌玄は「男として復活したい」という悲願があって、女の秘唇形を集めていたのではないか。

あの夜、鬼夜の若く美しい裸体を凝視していたのも、そのためであろうか……。

「――では、放つぞ」

竜之介はそう言って、巨砲から男の精を大量に吐出した。

夕紀の口から溢れた白い聖液を、姉の朝実が啜る。早苗と千登世も、それに加わった。

「竜之介様、朝実のお臀の孔を捧げます。ご立派なもので、私を犯して」

そう言って、朝実は犬這いになった。そして、半球状の臀を高々と掲げる。

朝実の朱鷺色の花園は、愛撫の必要がないほど潤って、透明な愛汁が内腿に流れ落ちていた。

これから、朝実、夕紀、千登世、早苗の順で、臀孔を犯して貰うのである。

「よかろう。朝まで、みんな平等に可愛がってやる」

松平竜之介は、逞しい巨根を朝実の薄桃色の後門に突き立てた。根元まで、一気に挿入する。

「……………アァァっ!!」

朝実は、背中を弓のように反らせた。

夕紀が竜之介と接吻し、千登世が仰向けになって、揺れる玉袋に舌を這わせる。早苗が、男の引き締まった臀を舐めまわしていた。

松平竜之介は、娘剣士の臀孔を力強く犯しながら、胸の中で江戸の泰平が長く続くことを祈るのであった。

# あとがき

私も時々やるのですが、読者の中には本編よりも先に「あとがき」から読まれる方がいます。

なので、私は、あとがきにネタバレになるようなことは極力、書かないようにしています――というわけで、まず、前巻（第十五巻）『黄金の肌』について書きましょう。

これの元ネタは、「中国の国家銀行券印刷造幣総公司の理事が、職権を利用して二兆元（三十六兆円）の人民元を印刷した」という真偽不明のニュースでして。

造幣局で印刷した「本物の紙幣」なのに、非正規の「贋札(にせさつ)」というわけで、「本物の贋札」とでも言いましょうか、実に妙なものですね。

ここから「真物(ほんもの)」の贋小判という発想になったわけです。それが可能になった理由も、もっともらしく考えてみました。

さらに、女賊・夜叉姫お琉という両性愛者でサディストという悪役が出ましたが、これは私の大好きな『007／ゴールドフィンガー』に登場するボンドガールの一人、女ギャングのプッシー・ギャロア（ガロア）のイメージです。

映画では、オナー・ブラックマンがプッシーを好演していますね。

そして、映画では匂わせているだけですが、原作では明確に（同性愛者）で、マイアミのギャングに「あいつは女の子を束にしたまま食っちまう」と評される貪欲な〈性の捕食者〉として描写されています。

ラストで、プッシーがジェイムズ・ボンドに抱かれる場面も素晴らしい。

実は『黄金の肌』というサブタイトルも、この作品で全身に金粉を塗られて窒息死するジル・マスタートンからのイメージでした。

ちなみに、ブルース・ウィリスの『ダイ・ハード3』で、ジェレミー・アイアンズ扮するテロリストが米連邦準備銀行を襲って大量の金塊をトラックで運び出す――という展開は、この『ゴールドフィンガー』の原作版に対するオマージュだと思います。


さて、この『謎の秘唇帖』で、有り難いことに『若殿はつらいよ』も第十六巻。

当初、サブタイトルは『双麗鬼剣（そうれいきけん）』としていたのですが、少しわかりにくいので、編集部と協議の結果、『謎の秘唇帖』に落ちつきました。

なお、『双麗鬼剣』は、五味康祐・原作の傑作チャンバラ映画『柳生武芸帳／双龍秘剱（ひけん）』のモジリです。

この作品のサブタイトルは、インターネットのウィキペディアでは、なぜか「双竜秘剣」「双龍秘剣」と表記されていますが、これは誤りですね。

映画の正式なタイトルは、フィルム上のメイン・タイトルに従うべきであり、映画の画面でも東宝からリリースされているＤＶＤソフトのジャケットも、サブタイトルは「双龍秘剱」になっています。

そして、本作のメイン・アイディアは、横溝正史の『人形佐七捕物帳』の一篇『梅若水揚帳（うめわかみずあげちょう）』がヒントです。

岡本綺堂の『半七捕物帳』が「捕物帳」の始祖で、それに続くのが野村胡堂の『銭形平次捕物控』と『人形佐七捕物帳』、これで「三大捕物帳」と呼ばれていますね。

野村『平次』と横溝『佐七』の相違は、後者が濃厚なエロティシズムに彩られていることでしょう。

仁王立ちになった半裸の佐七の腰に、恋女房のお粂が顔を埋める——という口唇奉仕を連想させる場面もあるんですよ。

発表当時の倫理基準からして、よくまあ、出版社が許可したなあ、と思います。私の知る限り、口唇奉仕を描写した最初の時代小説ではないでしょうか。

男女が奮闘している時に、部屋の隅の簞笥の引き手がカタカタと鳴るという絶妙な描写もあります。


なお、双子の話といえば、伝説的姉妹デュオのザ・ピーナッツ。

昔、ピーナッツの曲を手がけた作曲家の宮川泰が、テレビの音楽番組で話していたのですが——ステージに立ったピーナッツが、背中合わせになって左右に歩き、ピタッと止まって歌い出すというのを、アカペラ（無伴奏）でやったそうです。

背中合わせで相手が見えない、伴奏がないから歌い出しのタイミングもわからないはずなのに、止まるのも歌い出すのも寸分狂わずに、二人全く同時。

宮川さんは、「双子って不思議だね」と言っていました。

ザ・ピーナッツは東宝の怪獣映画『モスラ』で、テレパシーで会話する小美人を演じて大好評、その後も二本の怪獣映画で小美人を演じています。

先のステージのエピソードからして、ピーナッツは、実は本当にテレパシーが使えたのかも（笑）。

この双子姉妹のテレパシーならぬ〈以心伝心（いしんでんしん）〉というのも、本作に取り入れました。

頑張って書いたので、読者の皆さんに楽しんでいただければ、幸いです。

さて、次は来年二〇二三年の三月に、『乱愛指南（仮題）』が刊行される予定ですので、よろしくお願いします。

二〇二二年十一月

鳴海　丈

コスミック・時代文庫

●●●●●●●●●●●●●●●●●●●●●●●●●●●●●●●●●●●●●●●●●

若殿(わかとの)はつらいよ
謎の秘唇帖

2022年12月25日　初版発行

【著 者】
鳴海(なるみ)　丈(たけし)

【発行者】
相澤　晃

【発 行】
株式会社コスミック出版
〒154-0002 東京都世田谷区下馬6-15-4
代表　TEL.03(5432)7081
営業　TEL.03(5432)7084
FAX.03(5432)7088
編集　TEL.03(5432)7086
FAX.03(5432)7090

【ホームページ】
http://www.cosmicpub.com/

【振替口座】
00110-8-611382

【印刷／製本】
中央精版印刷株式会社



ISBN978-4-7747-6439-9 C0193

## 鳴海 丈の痛快シリーズ「若殿はつらいよ」

### 長編時代小説

# 純真な元若殿が絶倫剣豪に成長
# 剣と性の合わせ技で悪を断つ!!

シリーズ第1弾
松平竜之介艶色旅

シリーズ第2弾
松平竜之介江戸艶愛記

シリーズ第3弾
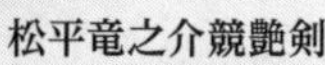
松平竜之介競艶剣

シリーズ第4弾
秘黒子艶戯篇（ひぼくろえんぎ）

シリーズ第5弾
妖乱風魔一族篇（ようらんふうま）

シリーズ第6弾
破邪剣正篇（はじゃけんしょう）

**絶賛発売中!**

お問い合わせはコスミック出版販売部へ!
TEL 03(5432)7084
http://www.cosmicpub.com/